U0533401

The World I Live In
我感知的神奇世界

〔美〕海伦·凯勒 著

严忠志 译

中国盲文出版社

图书在版编目（CIP）数据

我感知的神奇世界（大字版）/（美）凯勒（Keller，H.）著；严忠志译．—北京：中国盲文出版社，2013.1
ISBN 978—7—5002—4024—2

Ⅰ.①我… Ⅱ.①凯… ②严… Ⅲ.①诗集—美国—现代 Ⅳ.①I712.25

中国版本图书馆 CIP 数据核字（2012）第 276109 号

我感知的神奇世界

著　　者：（美）海伦·凯勒
译　　者：严忠志
责任编辑：计　悦　陈　峥　唐雪峰
出版发行：中国盲文出版社
社　　址：北京市西城区太平街甲 6 号
邮政编码：100050
印　　刷：北京东君印刷有限公司
经　　销：新华书店
开　　本：787×1092　1/16
字　　数：75 千字
印　　张：9.75
版　　次：2013 年 5 月第 1 版　2013 年 5 月第 1 次印刷
书　　号：ISBN 978—7—5002—4024—2/I·683
定　　价：18.00 元
编辑热线：(010) 83190270
销售服务热线：(010) 83190297　83190289　83190292

版权所有　侵权必究　　　　　　　印装错误可随时退换

目 录

序 言

第一章 灵犀之手 ………………………………（ 1 ）

　　我离不开手，就像你离不开眼睛和耳朵。我生活的轴心是手，手将我与生活在世上的人们联系起来。手是我的触角，我用它穿过孤独和黑暗，去寻求每一份快乐，完成每一件事情。

第二章 知手识人 ………………………………（ 10 ）

　　手掌不仅像面部一样容易辨识，而且以更加开放、更加无意识的表达方式，显示其中的秘密。人们可以控制面部表情，却无法限制双手表达的内容。当人们情绪低落、感到沮丧时，两手没有力量，无精打采；当人们内心激动、心情愉快时，两手肌肉紧张，充满活力。

第三章　手的语言 ……………………（18）

手是力量和劳动之美的象征：工匠之手非常有力，可以砍伐大树，锯木成材，修建房屋；艺术家之手非常灵巧，可以描绘花花草草，制作希腊古瓮；政治家之手可以制定法律——它们在这个世界上各有用途。眼睛没有理由对手说："我不需要你。"

第四章　触觉的力量 ……………………（26）

我借助触觉"看"到了朋友的模样，知道了各种直线和曲线，了解了所有物体的表面，感受到了土壤的勃勃生机，"看"到了精美的花朵、挺拔的树木，体验到了大风引起的变化。

第五章　领悟振动 ……………………（36）

当我的指尖触及钢琴时，我很享受这种乐器弹奏的乐曲。我把手放在钢琴上，感觉到它发出的颤音，感觉到重复的旋律，感觉到随后出现的静音。这让我明白，声音是如何在人的耳际之间消失的。

第六章　嗅觉天使 ……………………（44）

嗅觉是一位有力的奇才，它让人们跨越遥远的距离，跨越已经度过的岁月。嗅觉扩大了我的视野，为我提供有益的信息，给我的生活带来快乐。这一切不会因为某个走在宽阔的视觉大道上、患有强迫症的评论者没有开发自己的嗅觉而有所改变。

第七章　感觉的哲学 ……………………（53）

我对五官感觉这样排序：嗅觉的地位比听觉稍低一些，触觉比视觉高出许多。伟大的艺术家和哲学家似乎都赞同我的划分。狄德罗曾经说过："我发现，在五官感觉之中，视觉最肤浅，听觉最傲慢，嗅觉最易给人快感，味觉迷人而多变，触觉最深刻、最具哲学意味。"

第八章　感官世界 ……………………（57）

诗人告诉我们，黑夜隐蔽着奇妙的东

西，盲人面对的黑夜也有它的奇妙之处。人世间，真正没有光明的黑暗是无知和麻木的黑夜。

明眼人和盲人之间的差别不在于拥有多少种感官，而是在于使用感官的方式，在于探寻超越感官的智慧时拥有的想象力和勇气。

第九章　内在视觉 …………………（64）

正是依照我们的接受能力，宇宙将无限奇妙的事物展现在我们面前。我们视觉的敏锐度不在于我们能够看到多少，而在于我们内心的感觉。

第十章　相似的感知 …………………（72）

我没有触摸过星星的轮廓，也没有触摸过月亮的光辉，但是我相信，上帝在我的心中点亮了两盏灯，一盏大的用于白天，一盏小的用于夜晚。我知道，有了它们，我可以像依靠北极星定向的水手一样，为自己的生命之舟导航，引领它顺利到达港口。

第十一章　蒙昧时光 …………………（79）

那时，我生活在毫无生气的世界，不知道自己愚昧无知，不知道自己活着、有行动、有愿望。我既无意志，亦无理智，被世间的某些东西左右。我的行为举止只是受到某种本能的盲目驱使。

第十二章　可怕的偏见 …………………（86）

从根本上讲，盲人的心智与明眼人的心智无异，没有什么欠缺可言。它提供了某种相等的东西，以便弥补缺失的生理感官；它在外界事物与内心事物之间感知到了一种相似性，在光明世界与黑暗世界之间感知到了一种对应性。

第十三章　梦幻世界 …………………（95）

每个人在梦中都有过这样的体验：自己不断寻求某种迫切想要的东西，但是却劳而无功，感到非常恼怒。努力寻找一样隐藏起来的东西，结果却始终不见踪迹，身心异常疲惫。有时候，我不停地攀登，觉得脑袋眩晕，耳朵鸣响，不知道自己身在何处，为何处于如此状态。

第十四章　梦境与现实 ……………………（110）

我们在梦境中看到的东西比现实生活之中的更加丰富多彩。我们有时怀着赤子之心游览梦幻王国，有时以野蛮人的身份拜访文明国度。在梦中，我们产生许多想法，大大超出我们的日常思维活动。在梦中，我们的感情更加高尚，头脑更加睿智，超越了自己认识的任何人。

第十五章　清醒的梦 ……………………（117）

在清醒的梦中，我可以回顾无穷无尽的思绪；而在睡梦中，我只能回忆起少许念头和意象，只能从无法看到的图形经纬之中捕捉到残断的线索，只能捞起从不知名的树上落下的、随着微风飘动的闪亮树叶。

黑暗颂 ....（129）

> 我的羽翼盖住了耳朵，我的羽翼遮蔽了眼睛，然而，穿过那温柔的羽毛，穿过那银色的阴影，浮现出一个身影，传来了一阵响声。
>
> ——雪莱《解放了的普罗米修斯》

序　言

　　本书收入的文章和诗歌原载于《世纪杂志》，标题分别为《谈手》《理智与情感》《我的梦》。吉尔德先生当初建议我撰写这些文章，并进行了善意引导和鼓励，我在此谨表谢意。然而，他也应承担相应的责任，因为按照他和其他编辑的想法，我说了这么多关于我自己的事情。

　　从某种意义上说，每一本书都带有自传性质。不过，其他记录自己生活的人至少可以改变主题。但显而易见的是，没有谁在乎我对关税或保护自然资源等问题的看法；没有谁在乎我对围绕德雷菲斯这个名字引起的争议的看法。

　　如果我提出改革这个世界的教育体系，编辑朋友们会说："这个想法挺有意思。不过，您是否可以谈一谈自己六岁时对善和美的看法？"首先，他们要我讲一讲已经身为人母的女人在孩童时期的生活；然后，他们要我变成自己的女儿，说一说对成年人的感觉和看法；最后，他们要我写一写自己的梦。于是我成为一个说话颠三倒四的老祖母——毕竟，讲述梦境是老年人的特权。

编辑们非常友善，不过，他们所持的看法无疑是正确的：有关宇宙状态的话题，我表达的那些观点可能都索然无味。然而，在他们给我机会，要我撰文就自己不熟悉的话题表达意见之前，这个世界已在未经开化、没有变革的状态下存在了许久。所以，我只能尽力而为，围绕一个小题目谈一谈自己的看法。

我创作《黑暗颂》的本意并非想以诗人自居。我那时觉得，除了自己解释的《圣经·约伯记》的精彩段落之外，我写的是散文。不过，我的朋友们认为，这一部分文字是独立的，我写的东西可以称为诗歌。

海伦·凯勒
于马萨诸塞州伦瑟姆
1908年7月1日

第一章 灵犀之手

我离不开手,就像你离不开眼睛和耳朵。我生活的轴心是手,手将我与生活在世上的人们联系起来。手是我的触角,我用它穿过孤独和黑暗,去寻求每一份快乐,完成每一件事情。

我刚刚抚摸了爱犬。他正在草地上打滚,整个躯体都充满愉悦。我想用自己的手指为他画一幅肖像。我的手指在他身上轻轻捋过,仿佛触摸的是一张蛛网。哦,他强壮的身体动了一下,两腿一挺,坐立起来,并用舌头舔了一下我的手!他紧紧依偎着我,仿佛愿意与我的手融为一体。他喜欢用他的尾巴、爪子和舌头抚弄我的手。假如他能说话,我觉得他会告诉我,触觉充满爱意和知性,可以带人到达天堂。

我以这件小事为引子,谈一谈与手相关的话题。如果它能让你有所感悟,我得谢谢我的明星爱犬。不管怎么说,聊一聊尚未被人独占的话题是一件令人愉快的事情,如同在人迹罕至的森林开辟一条小径,在那里留下自己的脚印。在这本书里,我愿与你携手同行,另辟蹊径,进入双手揭开的神奇世界。

然而,我们刚刚起步就遇到一个难题:你对光明已经习以为常,我担心,当我带你穿过黑暗和宁静之地时,你脚下肯定会磕磕绊绊。有人说,盲人当向导不在行。我无法保证不让你失去方向,但是我承诺,你不会遭遇火烧水淹,不会跌入无底深渊。如果你耐心与我同行,你会发现:"有一种声音如此美妙,在它之外只有宁静";你还会发现,在人们看不见的事物中竟有如此丰富的世界。

我离不开手，就像你离不开眼睛和耳朵。在很大程度上，我们阅读同样的书刊，使用同样的语言，沿着同样的路途旅行，然而我们的体会却各不相同。我生活的轴心是手，手将我与生活在世上的人们联系起来。手是我的触角，我用它穿过孤独和黑暗，去寻求每一份快乐，完成每一件事情。

小小的字眼儿经过他人之手，进入我的手中，引起手指一阵轻微颤动，给我的生活带来了知性、快乐和完美。我觉得，自己就像《圣经》故事中的约伯，是手改变了我的身躯，塑造了我的灵魂。

在生活中，在思想上，我处处都能体会到手的作用。在漫无边际的黑暗里，有一只手触摸我，让我感动，让我震撼，这种触摸就是我的现实世界。你可能会说：让人心旷神怡的美景，令人伤心落泪的打击，对我来说都是不真实的。与之类似，我借助触觉积累的印象对你们来说也是不真实的。

蝴蝶纤弱的翅膀轻轻颤动；紫罗兰柔软的花瓣有些卷曲着，羞羞答答地躲在绿叶丛中，有些则在牧草中甜蜜绽放；马脖子上轮廓分明的鬃毛，丝绒般柔顺的马鼻子……这一切在我脑海里一一浮现，构成了我的世界。

理念构成人们生活的世界，印象则是构成理念的材料。我的世界是由触觉构成的，它没有物理学上的颜色和声音；然而在这无色无声的世界里却不乏生命的气息与灵动。

在我的脑海里，每一个物体都有触觉特性，这些特性以无尽的方式组合，使我了解什么是力与美，什么是不和谐，于是我可以借助双手感知物体的滑稽形状或美丽外表。

请记住，你依赖视觉，因此意识不到，有许多东西是可以触知的。可以触知的东西或动或静，以固体或液体的形式存在，形状有大有小，温度或高或低，这些特征以种种方式不断改变。

含苞欲放的睡莲给人清凉的感觉，这种感觉与夏日暮色里拂过的习习微风不同，与赋予植物躯体和生命的雨水不同。细滑的绒毛，可能出现在玫瑰花瓣上、成熟的桃子皮上或者婴儿笑出酒窝的脸颊上，在不同地方给人的感觉各不相同。岩石的硬度与木头的硬度不同，男人的低音与女人的低声不同。各种事物的特定组合，让我发现了我称之为美的东西，它们大都源于物体的表面，源于流动的曲线和直线。

"你觉得直线表示什么意思?"我想你可能会问。

直线的含义丰富多样,在我看来,它象征责任,看起来有责任的刚性。当我面对必须完成的任务时,我觉得自己仿佛以直线方式向前行进,不达目的,决不罢休;或者说,一往无前,决不左顾右盼。这就是直线的意思。

也许,你不喜欢这种说教,接着会问:"直线给你的感觉是什么?"

我觉得它摸起来是——我想它看起来也是——笔直的,仿佛拉长的思绪,无穷无尽。在我的触觉里,口才的优劣不在于直线,而在于非直线,或者说,在于曲线和直线的组合。它们时而出现,时而消失;时而深邃,时而浅显;时而断开,时而延长或变粗。它们在我的手指之间沉浮,不乏突然出现的跳跃和戛然而止的停顿,变幻无穷,数不胜数,非常美妙。所以,你瞧,尽管我的手无法感知落日的余辉或东升的朝霞,无法触及蔚蓝天际的深处,我却并没有被关在美好世界的大门之外。

物理学告诉我,我是幸运的。有人说,我的世界没有声音,没有色彩,只有大小、形状和内在品质。至少,在我的手指之间,所有物体都是具体的、直观的，并不是视网膜上的倒立图像。而且，据我所知，你的大脑一直处于无意识的忙碌状态，以便将倒立的图像颠倒过来。

通过触觉，感知的物体带着生命的温度，完全进入我的大脑，与其在原有空间一样占据相同的位置。这是因为，没有自我主义的影响，人的心智像宇宙一样辽阔无际。

当我想到山时，脑海里出现的是登山时奋力攀登使用的力量；当我想到水时，感受到的是突然跳入水中的清凉刺激，身体周围的碧波涟漪泛起，迅速让出一条路来。

触摸树木，让我了解树皮和树枝那令人愉快的变化：粗糙与光滑、柔韧与坚硬、曲线与直线。我的手指触摸到，无法撼动的岩石有着突兀不平的表面，沟沟槽槽，坑坑洼洼。

在我指尖后面的某个奇特花园里，瓜籽发芽，出苗，成熟。在我的触觉记忆和想象中，西瓜身体隆起，南瓜神气活现，一个个滑稽有趣。我的手指被婴儿笑声激起的温柔涟漪逗乐，在"粮仓霸主"充满欲望的叫声里找到了愉悦。我曾经饲养一只宠物公鸡，它喜欢站在我的膝盖上昂头打鸣，我管它叫粮仓霸主。那时我真地觉得，一鸡在手胜过两鸡在仓。

当然，我的手指无法在一瞬间获得巨大物体的整体印象，但是我会用手触摸它的各个部分，在脑海里将它们组合起来。我在房子里走动，依序逐一触摸家具和陈设，然后就能了解房子的整体布局。

去别人家做客，我只能触摸他们向我展示的一切：主人觉得有趣的重要物件、墙壁上的雕刻作品、稀奇古怪的特色建筑部分，这就像展示出来的家庭相册。所以，对我来说，不熟悉的房子最初既没有总体印象，也没有和谐的细节。它并不是整体构架，在我接触时仅仅是物体印象的堆积，各个部分之间各自分离，没有联系。但是，我的脑海里充满联想、感觉和理念，我用它们来组成对房子的构想。

这一过程使我想起了修建所罗门王圣殿的情形。据说，当时没有用锯子，没有用榔头，也没有用任何别的工具，那些石头是一块一块堆砌的。这无声的工匠就是想象力，它从混沌中缔造出现实。

假如没有想象力，我的世界将会变得多么乏味！我的花园将会是一块毫无生气的泥地，散落着各种奇形怪状的东西，弥漫着各种刺鼻难闻的气味。然而，当我用心灵之眼看它的时候，奇迹发生了：光秃秃的地面在我的脚下发光,树篱长出了新绿,玫瑰吐露着芬芳。我可以感知树木初露新绿的美景,我可以分享鸟儿求爱时充满激情的欢娱,这就是想象力创造的奇迹。

这种奇迹体现在:我的想象力通过手指扩散出去,与体现在雕塑形式之中的艺术家的想象力汇合。与家人和朋友带着体温、表情丰富的脸庞相比,大理石雕像是冰冷的,既没有脉动,也不能回应,然而它在我的手中却不乏美丽。它流动的曲线变化无穷,给人带来真正的愉悦,唯一的遗憾是没有呼吸。可是,在我的想象中,大理石雕像活了,变为艺术理想的神圣现实,想象力给雕像的每一根线条注入活力。我抚摸的雕像是女神的身躯,我感觉到她栩栩如生,充满魅力。

当然,有些雕塑作品——甚至有些被世人认可的杰作——并未让我的手产生愉悦之感。当触摸《胜利女神》雕塑时,我最先想到的是在梦魇中朝我飞来的怪物:它既没有脑袋,也没有四肢。胜利女神的长袍向后翘起,与我体验到的迎风飞扬、上下飘动的样子不同。但是,我的想象力弥补了这些不足,使女神直接变为强大有力、精神充沛的形象——海风撩起了她的长袍，双翼之中展现出征服之美。

在美丽的雕塑中，我发现了完美的身体形态，发现了平衡和完整的特质。智慧女神密涅瓦带着许多诗歌典故，给予我几乎直接诉诸身体的高度兴奋感。我喜欢酒神巴克斯和太阳神阿波罗浓密的波浪式卷发，喜欢他们头上戴的常春藤花环，它们很容易使人想起异教徒节日。

想象力给我双手的体验画上了圆满的句号。我的双手从别人的睿智之手学到了熟练的技巧，这本身也受想象力的指引，让我在未知的道路上安全前行，令黑暗充满光明，使山路变为坦途。

第二章 知手识人

　　手掌不仅像面部一样容易辨识，而且以更加开放、更加无意识的表达方式，显示其中的秘密。人们可以控制面部表情，却无法限制双手表达的内容。当人们情绪低落、感到沮丧时，两手没有力量，无精打采；当人们内心激动、心情愉快时，两手肌肉紧张，充满活力。

我通过手寻求帮助、追求快乐，因而对于手给予的温暖和保护感受至深。我完全明白，为什么《圣经·诗篇》中的歌者可以带着力量欣慰地高声赞美："我永远信奉天主，他的圣手扶助我，让我在平安中生活。"

手拥有某种神圣的力量。有人告诉我，爱人远远一望，令人浑身一振。然而，爱抚没有距离，就连我收到的来信也是：

显露心路历程的亲切文字，
字里行间，爱手可见。

观察不同的手，使人深受启迪。不同的手传递不一样的活力、能量、友好与热情。我以前根本没有意识到，手竟拥有如此巨大的活力。参观劳伦斯·赫顿先生收藏的冰冷泥塑之后，我茅塞顿开，突然悟出其中的道理。

我意识到，手的静脉里充盈着血液，人的生命使它富于弹性。亲爱的赫顿先生的手与那些没有生命的泥塑迥然不同。我觉得，那一组泥塑缺乏人手的形态。在赫顿先生的诸多藏品中，我无法分辨人的手形，甚至连我自己的手也没有认出来。

但是，我却无法忘记爱意之手。我不会忘记，在自己的手指之间，曾经出现过布鲁克斯主教的大手，它充满温馨，带着强健男性的活力。

假如你两耳失聪又双目失明，但是有幸与杰弗逊先生握手，你可以在他手里看到他的面容，听到他的声音，他的手给你的感觉肯定与众不同。

马克·吐温的手里抓着充满想象的离奇事物，藏着非常滑稽的幽默故事，握着它时会使幽默变为同情和友谊。

有人告诉我，我刚刚写下的这些文字不能全面"描绘"我朋友的手，只不过将我知道的他们所拥有的仁慈品质赋予他们的手，而这样的品质只能用抽象的字眼儿来表达。这一批评意味着，我没有写出自己感受到的真实情况。

但是，当我阅读明眼人的著作时，其中的文字是否描绘出了具体可见的面容呢？我在那些书里读到，温柔性感的脸，充满耐心和智慧的脸，精致、可爱、俊俏、美丽的脸。你们使用这些词语来描述自己眼睛所看到的一切，而我是否拥有同样的权利，运用它们来描述自己所感觉到的呢？它们确实表达了我手上的感觉。

我很少注意手在生理方面的特征，比如，我记不清别人的手指是长是短，皮肤是否干燥。如果不刻意留心，你可能也想不起别人的面部特征，即便你见过多次的人也是如此。即使你能够回想起某人的某些特征，记得他的眼睛是蓝色的，下巴是尖尖的，鼻子扁平，面颊凹陷，我并不觉得你真地说清了这个人给你留下的印象。

假如你能从内心深处解释这张面孔显示的基本品质，如幽默、庄重、悲伤、灵性等，印象会更深一些；假如我从生理角度告诉你手给我的感觉，你的收获不会太大，就像盲人听了你对他人面部的详细描述一样。

你要知道，当盲人视力恢复之后，他无法辨认自己通过触摸了解的最常见的东西，无法辨认他手指非常熟悉的亲人的脸庞。尽管有人已经反复给他描述这些人和物，他依旧无法辨认。由此可知，你没有接受过触觉训练，无法通过握手来辨识不同的手；同理，我提供的任何描述可能也无法让你知道怎样的手是友好之手，而我的手指经常接触这样的手，已将它深藏到记忆之中。

我无法以归类的方式来描述手，因为由手组成的共同体并不存在。有的手告诉我，它们做事时总是乱哄哄的；有的手忙乱不安，做事轻率鲁莽；有的手好大惊小怪，表明它们的主人对日常生活的刺激天生敏感。有时候，我可以在预感中辨识出友好但愚蠢之手，它的主人会唠唠叨叨地讲述没有价值的见闻。我见过长着诙谐之手的神父，长着沉重之手的幽默大师，长着胆怯之手却假装勇敢的男人，长着铁拳但外表沉静、唯唯诺诺的男人。

当我还是小姑娘时，曾经被人带着去看望一位瘫痪的盲人。① 我永远不会忘记当时的场景：她颤抖着伸出孱弱的手，将同情塞进了我的手心。每当想起那位女性，我都不禁热泪盈眶。她那青筋鼓起、形容枯槁的手摸索着，洋溢着爱意；手里带着的倦意、痛苦、黑暗和温和的耐力让我感同身受。

不认识我的人很难理解，在聆听朋友与别人对话的过程中，我可以体会到朋友当时的情绪。我的手跟随他的动作，我触摸他的手掌、他的手臂、他的脸庞。我可以感觉到他听到笑话时的快乐，尽管没有人

---

① 细心的读者可能已经对我所用的"看望"一词表示疑问。假如我说的是"拜访"，读者是不会表示异议的。然而，"拜访"一词除了"看望"之外，还有什么意思呢？在本书稍后的篇幅中，我将说明自己为什么尽量使用所学的英语。

第二章　知手识人　15

给我重复这个笑话；我可以感觉到他讲生动故事时的激动。

有一位朋友说话咄咄逼人，在出现激烈争论之前，他的手总会表现出这一点来。如果他的手急不可待地抽搐，我知道，他已经想好了对应的论点。如果他突然回想到什么事情，或者他脑子里冒出了新的念头，他会浑身一振。同样，我也能感受到他手上带出来的悲伤。他的灵魂以体面的方式，用黑暗将自身包裹起来，仿佛穿上了黑色的外套。

另外一位朋友的手坚定、有力，这说明她决不轻易改变自己的见解。在我认识的人当中，她是唯一一位说话一板一眼的人，我可以感觉到她表示强调时嘴唇做出的各种动作。我喜欢这种以不同方式表达自我的做法，不喜欢说话单调乏味、口气一成不变、把自己的意愿强塞进我手里的人。

有的人在和我握手时，手掌洋溢着欢乐，充满了旺盛活力，释放出生命的热情。有的人虽从未谋面，但在和我握手时，却仿佛我是他们失散已久的妹妹，非常亲热。

有的人和我握手，似乎担心我会搞什么恶作剧，礼貌地伸出指尖，而且在接触的一刹那便退缩回去。

这使我从心底里希望自己再也不去碰那种"胆小如鼠"的手。我觉得这种人城府太深，毫无根据地自负，还往往对人持有戒心。他们与那些心胸宽广、形象可爱的人形成了鲜明的对比。

有些人握手的方式使你想到意外事故，想到突然死亡。这种带有不祥之兆的手与护士的手形成鲜明的对比，护士的手敏捷、灵巧、轻柔。我一直惦记着一位护士，因为她曾给予我老师无微不至的照顾。

我和一些富有的人握过手。他们一不耕作，二不织布，可是两手并不漂亮，在柔软、光滑、圆润的肌肤下面，完全是没有受过启迪的混沌灵魂。

我可以肯定，外科医生的手无人能比——它们显示出耐心、熟练、怜悯、温柔、坚定等良好品质。难怪罗斯金当年在外科医生令人宽慰的手术中，发现了足以让艺术家汗颜的完美控制度和精妙准确性。如果外科医生是位具有崇高医德的人，他的触摸无疑是祛除心灵创伤的良药。这种神奇的幸运触摸曾出现在我的一位好友手中，他是人们生活之中的良师益友。他性格开朗，和蔼可亲，无论病人是否需要治疗，他都热情相待。

触觉让人心醉神迷。就像人的外貌之美不拘一格一样，人的双手之美也层出不穷。有的人个性强烈，比较敏感，他们的手动感很强。只需打量一下他们的指尖，就能看出他们是思想丰富的人。

有时候，我遇到外形精致、动作优雅、腕部柔韧的手，这样的手给人以美感，具有与众不同的魅力。在文化修养极高的人书写的字里行间，你肯定见过类似的美感和魅力。

我真希望你见过小孩子在我手里拼写单词的可爱情景。他们是人类的花朵，他们的指尖动作是绽放的语言之花。

这些全是我自己创造的手相术。当我用它来预测你的命运时，我依赖的既不是神秘的直觉，也不是吉卜赛人的巫术，而是对人手凸显出的性格进行的可以解释的自然辨识。

手掌不仅像面部一样容易辨识，而且以更加开放、更加无意识的表达方式，显示其中的秘密。人们可以控制面部表情，却无法限制双手表达的内容。当人们情绪低落、感到沮丧时，两手没有力量，无精打采；当人们内心激动、心情愉快时，两手肌肉紧张，充满活力。的确，人们持久不变的性格特征会一直刻写在手上。

第三章　手的语言

手是力量和劳动之美的象征：工匠之手非常有力，可以砍伐大树，锯木成材，修建房屋；艺术家之手非常灵巧，可以描绘花花草草，制作希腊古瓮；政治家之手可以制定法律——它们在这个世界上各有用途。眼睛没有理由对手说："我不需要你。"

第三章　手的语言

查一查《世纪辞典》——如果你是盲人，请老师帮一下忙——你就会了解到，许多用语都与手相关。英语中许多词语都是由拉丁词根"手"（manus）构成的，这些词语足以说明生活中的基本事物。在这部辞典中，"手"以及带有"手"这个词的引语和复合词占据二十四栏，共有八页之多。手被定义为"理解的器官"。就"理解"一词的两层意思而言，这个定义完全适合我的情况。我用手捕捉和控制自己在物质、思想和精神这三个世界中发现的一切。

想想看，人们是如何从手的角度看待世界的？所有生命被分为存在于生死界线这边（on one hand）和那边（on the other hand）的东西；使用技术制造的东西是产品（manufactures）；处理事情称为管理（management）；历史是对军队进行调动（manauvre）的记录，甚至连战争编年史也是如此。

但是，和平的历史，即出自田野、森林和葡萄园中的劳动者之口的叙事，也被写在胜利者的亲笔签名（manual）之中，这是征服荒野之手的签名。而劳动者本人也被叫做人手（hand）。在手铐（manacle）和奴隶解放（manumission）中，我们阅读到关于奴隶和自由的史话。

其他的相关用语数不胜数，但是我不会让你回忆太多，否则你会大叫"Hands off"（住手）！不过，我必须再举几个例子，然后就会停止这种语言游戏。

任何不是自己最先拥有的东西都叫二手货（second-hand）。有人告诉我，我学到的知识就是如此。但是，善意的朋友站出来为我辩护，并不满足于给我提供自然的第一手（first-hand）知识。他认为，我拥有超自然的第六感觉，我用功能完善的右手获得的所有东西都应归功于圣迹和天赐之物。

此外，我的左手也发挥了作用，因为我用左手阅读。左手和右手一样，也是忠诚的、值得尊重的。是什么力量让左手发育不全而遭到忽视？当我们达到文明之巅时，我们大家的左右手难道不是都很灵巧吗？当我们在那时与困难作斗争时，我们获得的难道不是双重胜利吗？

顺便说一句，依我所见，当我的老师训练没受过启蒙教育的我时，她凭借铁的纪律和手语字母的帮助，努力与黑暗力量抗争。这种抗争行为在这两种意义上都算是短兵相接。

常言道，写文章不引用莎士比亚，不能算成功。我年轻时自以为只属于自己的领域，莎士比亚早已大有斩获。几乎在他的每一部剧作中，都有提及手的段落。

在悲剧《麦克白》中，让人顿生怜悯的场景是：麦克白夫人望着自己的手，念出了一段悲伤的独白，她觉得用尽所有阿拉伯香水也无法洗去她手上的污点。

在《安东尼与克莉欧佩特拉》中，马克·安东尼让克莉欧佩特拉伸出手来，以便奖赏最勇敢的军人斯卡鲁斯："把你的赞许之手交给他的热唇吧。"然而，斯卡鲁斯感到愤怒，受到自己鄙视的塞鲁斯竟然冒昧地亲吻了女王的手，"我的朋友，将我的崇敬之心献给高贵之手。"克莉欧佩特拉面对羞辱，却被要求赞美恺撒取得的胜利，她伸手夺过短剑，高声说道："我相信自己的决心，相信自己的双手。"与之类似，卡西利斯本能地相信他的双手，把利剑刺向恺撒时说："手啊，去表达我的感受吧！"

在《李尔王》中，葛罗斯特恭恭敬敬地对李尔说："让我亲吻您的手吧。"

"它散发着死亡气味，"伤心的老国王说，"让我先擦一擦吧。"

这种触觉带着多么沉重的悲凉之感！它让我们

看到，李尔经历了可怕的心灵净化过程，终于明白，皇室血统不能让自己免遭忘恩负义和残酷行为的报应。

听一听葛罗斯特说到自己儿子时的感慨之言："如果我能活下去，在触觉中看到你，那么我就可以说，自己已经重见光明。"在这里，悲痛之情溢于言表，使我感同身受。

在《哈姆雷特》中，幽灵道出了自己受到的种种伤害：

> 转瞬之间，
> 我的生命、皇冠和皇后，
> 就在睡梦中被我弟弟夺去。

在《奥赛罗》中，奥赛罗在提到苔丝德蒙娜的手时使用了含沙射影的语言，带着充满仇恨的双重意图，令人不寒而栗。然而，苔丝德蒙娜并不知情，天真地回答说："正是这一只手献出了我的心。"

当然，莎剧中涉及手的著名段落并非全与悲剧有关。你还记得《罗密欧与朱丽叶》中的俏皮文字吧？这一部戏剧中的对白妙趣横生，谱写出一首关于手的美妙的十四行诗。如果不是恋人,有谁知道手竟有如此妙用?

表达触觉的文字在《圣经》的每一章节中都曾出现。你知道吗?我们几乎可以将《出埃及记》改为手的故事。故事中的一切都出自上帝和摩西之手。

对希伯来人所受压迫的解释是:"法老之手沉重地压在希伯来人的头上。"

下面的文字生动地讲述了他们离开那片土地的情形:"上帝伸出强大的手,用他有力的臂膀,将以色列人从牢狱中解救出来。"

摩西巨手一挥,红海随即分开,让出一条道来。当上帝愤怒地抬起圣手时,成千上万的人消失在荒野之中。

在以色列历史上,以至在整个人类历史中,每一个行为、每一项命令都是经过手签发的。宣誓、赐福、诅咒、打击、赞同、结婚、修建、破坏……这些具有重大意义的场合都离不开手的参与。

手的神圣性还体现在这一规定中:如果献祭者之手没有触及祭品的头颅,祭品是无效的。与之类似,教友们将手放在被判死刑者的头上,在临死者看来,这种无声的诅咒是多么可怕!

在西奈山上修建祭台时，摩西得到神启，不能使用工具，只能使用自己的双手。上帝亲手创造了大地、海洋、天空、人类以及其他动物——它们在上帝的眼里都是神圣的。《圣经·诗篇》中的歌者想到天空和大地时不禁问道："主啊，您让人类掌控您双手创造的万物，蒙您如此关怀的人类究竟是干什么的？"谦卑的手势总是伴随着祈祷，圣洁的双手总是与纯洁的心灵同在。

耶稣用他的双手给人们带来安慰、幸福和健康，创造了许许多多圣迹。他伸手一摸，盲人立见光明。教堂主睚鲁的女儿病入膏肓，那位极度悲伤的犹太人求助耶稣。耶稣伸手相助，让睚鲁的女儿起死回生，回到父亲的怀抱。也许，你还记得耶稣为身患腰疾的女人治病的故事。耶稣对她说："你将不再受到疾病的折磨。"顿时手到病除，女人直起腰来，从内心赞美上帝。

无论何时何地，我们都可以看到手的作用。人们使用双手勤奋工作，修路建桥，发明创造，摆脱野蛮状态，创造辉煌文明。

手是力量和劳动之美的象征：工匠之手非常有力，可以砍伐大树，锯木成材，修建房屋；艺术家之手非常灵巧，可以描绘花花草草，制作希腊古瓮；政治家之手可以制定法律——它们在这个世界上各有用途。眼睛没有理由对手说："我不需要你。"

  手是幸运的，更幸运的是劳动之手。

第四章　触觉的力量

　　我借助触觉"看"到了朋友的模样，知道了各种直线和曲线，了解了所有物体的表面，感受到了土壤的勃勃生机，"看"到了精美的花朵、挺拔的树木，体验到了大风引起的变化。

第四章　触觉的力量

几个月前，有一份报纸发布消息说，《马蒂尔达齐格勒盲人杂志》即将出版，并且配发了以下文字：

"许多诗歌和故事涉及视觉，所以必须省略。暗指月光、彩虹、星光、云彩以及美景的文字有强调盲人困境感的作用，可能不会刊登出来。"

这就是说：因为我穷，所以我就不该谈什么豪华宅第，什么美丽花园；因为我无法看到真正的巴黎、现实中的西印度群岛，所以我就不该阅读描绘这两个地方的书刊；因为我今生无法进入天堂，所以我就不该梦见天堂。

尽管我只能通过类比和幻想来猜测与图像和声音相关的文字的意义，一种冒险精神却驱使我使用了这样的文字。在日常生活中，这种冒险游戏一半是愉悦，一半是嬉戏。当我读到描绘只有眼睛才能看到的壮美景色时，我两颊发热；描绘月光和云彩的文字并不强调什么困境感，它们带着我的灵魂超越了失明造成的狭隘现实性。

评论家喜欢提及我们盲聋人无法做到的事情。他们认为，失明和失聪将我们盲聋人与视力良好、听力灵敏的人感觉的世界完全分割开来了。他们因此断言，我们没有资格谈论美的事物，没有资格谈论天空、高山、鸟鸣和云彩。

他们宣称，我们借助触觉得到的感受是"替代性的"，似乎朋友们会替我们体会太阳给人的感受。他们想当然地否认他们没有看见但是我已经感受到的东西。某些大胆的怀疑者甚至否认我的亲身体验。因此，为了解释我知道我存在这样一个事实，我求助于笛卡尔所说的："我思故我在。"这样，我在形而上层面确立了自己，将证明我不存在的责任抛给了持怀疑态度的人。

人们对心智知之甚少，因此，如果有谁贸然界定可知或者不可知的事物，这不令人吃惊吗？我承认，在可见世界中，存在着许多我想象不出的美妙绝伦的东西。同理，自信的评论者，请别忘了，世上同时也存在着无数我感知得到而你却无法想象的东西。

必然性给予眼睛观察事物的宝贵力量。同理，它也给予整个身体体验事物的宝贵力量。有时候，我身上似乎长着许多眼睛，它们可以任意观看日日更新的世界。有人说寂静和黑暗把我包围起来，但是我告诉你，它们让我以最好客的方式敞开大门，接纳无数有趣、富于启迪、给人愉悦的感觉。

在触觉、嗅觉和味觉这三个可靠朋友的帮助下，

第四章 触觉的力量

我多次进入体验的边界区域，领略光明之城的风貌。

人的天性很善于适应每个人的必然需要。如果一个人的眼睛不幸致残，看不见日光下的世界之美，他（她）的触觉就会变得更有力、更敏锐。通过实践，人的天性继续强化所剩感官的作用。盲人因此常常比明眼人听得更清楚、更明白。嗅觉几乎担当了新的官能，可以深入到盘根错节的事物之中，破译事物的模糊性。因此，五官感觉互相协助，互相强化，这是一条永远不变的规律。

究竟是使用双手还是使用眼睛看得更清楚一些呢？这个问题不该由我来回答。我仅仅知道，我借助手指看到的世界充满活力、栩栩如生、令人满意。

触觉可以给盲人带来温暖的确定性，而这一点是幸运的明眼同伴所缺失的，因为他们的触觉没有得到充分开发。明眼人观察事物时，两只手放在衣袋里，结果导致他们的认识常常有些模糊，不够准确，没有意义。

当然，也可能出现这样的情形，我们盲人对超过触觉范围的现象认识得也不完整。但是，不管怎么说，我们盲人透过金色的幻想之雾，注视着超过触觉范围的各种现象。

然而，就我们能够触摸的东西而言，没有什么是模糊不清或游移不定的。我借助触觉"看"到了朋友的模样，知道了各种直线和曲线，了解了所有物体的表面，感受到了土壤的勃勃生机，"看"到了精美的花朵、挺拔的树木，体验到了大风引起的变化。

除了物体、物体表面和天气变化之外，我还能感受到许许多多的振动。我触摸房子里陈设的瓶瓶罐罐，获得了许多日常生活常识。

我发现，人的脚步声实际上随着年龄、性别和走路姿势的不同而发生变化。我不可能将小孩子啪嗒啪嗒的碎步与成年人沉稳的脚步混淆起来。年轻人的脚步强健有力、自由奔放；中年人的脚步沉稳、镇定；老年人的脚步则蹒跚、缓慢、踌躇。在没有铺设地毯的地面上，年轻姑娘快步行走，脚步带着富于弹性的韵律，与老年妇女踌躇、沉稳的挪动大不相同。

人穿着新鞋走路发出咯吱咯吱的响声，身体结实的女佣在厨房里走路就像在跳吉格舞，这样的情景让人忍俊不禁。

有一次，我住在一家旅馆里，餐厅里传出的一阵吱吱的刺耳声引起我的注意。我停下来，用两脚细听。当时，一支乐队正在演奏，我感觉到乐曲声沿着

第四章 触觉的力量

地板传来。我发现，两名服务员在来回踱步，但是步态却不一样。其中一名服务员跟着乐曲节拍挪动脚步，步态优雅而轻盈；另外一名服务员根本不管乐曲节奏，跟着自己臆想的某种节拍，在桌子之间来回穿梭。他们的脚步声让我想起一匹剽悍战马与一匹拉车老马拴在一起的情形。

脚步声往往在某种程度上揭示人的性格和情绪。不同的脚步能告诉我走路人的不同状态：坚定、犹豫、匆忙、沉稳、活力、懒散、疲乏、粗心、胆怯、愤怒、悲伤。我对自己熟悉的人的情绪和特点非常敏感。

脚步声常常会被某些不协调的颤动打断。在这种情况下，我知道什么时候有人跪下，有人踢腿，有人摇晃东西，有人坐下，有人站起。于是，我在一定程度上注意到周围的情况，注意到人们姿势的变化。刚才，我听到柔软赤脚发出的一阵轻轻的啪嗒声：我的爱犬跳上了椅子，正向窗外张望。不过，我不让它随意乱动。有时候，我感觉到同样的动作，却发现它不在椅子上，而是违规跳上了沙发。

有时候，我感觉到锯齿发出的时高时低的吱吱振动，感觉到一阵接一阵的响亮震动。我知道，那是木工在家里或者附近的仓库里干活儿，他在使用锯子或榔头。如果我离他比较近，感觉到某种振动沿着木头表面反复出现，我便知道他在使用刨子。

地毯上的一阵轻微颤动告诉我，微风已把桌上的纸吹到了地上；砰的一下振动告诉我，铅笔滚落到地上；如果落下的是书，会发出啪的一下振动；敲击木质扶手的振动告诉我，晚餐已经做好。房门挡住了许多类似的振动。如果我站在草坪或道路上，我能感觉到奔跑和踏步的震动，感觉到轰隆而过的车轮的震动。

如果我把手放在人的嘴唇或者喉咙上，我可以知道许多具体的振动，并且对它们作出解释：男孩子发出的嘿嘿笑声、男人发出的惊讶声、恼怒或者困惑的声音，还有呻吟、尖叫、低语、喘气、抽泣、哽咽、叹息等声音。

动物发出的声音尽管没有文字来描述，在我看来也同样生动流畅：小猫的呜呜声和咪喵声以及它愤怒、紧张时发出喷射痰液的声音，小狗发出的表示警告或欢迎的声音、绝望的尖叫声、满足的哼哼声，母牛的哞哞叫声，猴子的吱吱叫声，还有马儿的嘶鸣、狮子的怒吼、老虎的咆哮。

第四章 触觉的力量

考虑到那些仔细阅读这篇文章的评论者和怀疑者可能作出的反应，我应该补充一点：我使用自己的双手，感觉到了所有这些声音。从孩提时代到现在，我利用一切机会去动物园游玩，去观看马戏表演。除了老虎之外，我用手与所有动物交谈过。我仅在博物馆里触摸过老虎，在那里它像绵羊一样，没有一点儿危险。但是我曾经把手放在虎笼的铁条上，听过它说话的声音。我还几次触摸过活生生的狮子，感觉过它们洪亮的怒吼，那声音仿佛是从岩石上面飞流而下的瀑布。

除此之外，我熟悉水壶里烧开的水发出的哗哗声。所以，如果不慎让牛奶溢出，我不会找借口说自己不知道。我也非常熟悉下列各种声音：开启木塞时发出"砰"的声音；火焰发出的噼啪声；时钟发出的嘀嗒声；风车发出的有节奏的金属撞击般的声音；水泵发出的不均匀的嗡嗡声；水龙头发出的喷水声音；微风吹打大门和窗户的声音，这让我误认为有人敲击；还有许多其他不胜枚举的振动声。

有一些可以通过触觉感知的振动不同于表面触摸这一类，它们就像疼痛和冷热一样渗透到人的皮肤、神经和骨头里。敲鼓的声音穿过我的胸膛，直达肩胛骨；火车通过大桥和机器运转发出的轰鸣声在我头脑里萦回，过了许久依然不会消失。如果振动和运动在我触摸时结合起来并持续一段时间，我觉得尽管自己站立不动，地面却似乎离我远去。当我刚走下火车时，我觉得站台在慢慢移动，自己则步履艰难。

我身体的每个细胞都是一个示振仪。当然，我的感觉并非绝对正确。有一次，我伸出手，手指接触到一个毛茸茸的东西。它像是什么动物，蹦蹦跳跳，蹲下身体，似乎要跳跃。我警觉地停下脚步，仔细一摸，发现那是在风中扇动的裘皮外套。

我和你一样，感觉地球是静止的，太阳在移动，因为阳光照在我的脸上，在午后渐渐离去，空气随之凉爽。这让我明白，当人乘船离岸时，河岸似乎在慢慢后退。因此，当你说平行线看起来会相互交汇，大地和天空看起来会连接在一起，我也不会觉得难以置信。

我拥有的为数不多的感官很久之前就显示出了种种缺陷和欺骗性。不仅五官感觉带有欺骗性，语言中的许多用法也说明，即使五官健全的人也会发现，他们难以分清它们各自的功能。我知道，人们能听到意见，看见色调，欣赏音乐。有人告诉我，声音带有色彩。

我曾经认为触觉是一种灵敏的感知，其实它也是一种味觉。从"味觉"一词的大量用法判断，它似乎在所有感觉中占据最重要的地位。味觉制约着生活中的大小常规。

毋庸置疑，表达五官感觉的语言是充满矛盾的。其他人的房子拥有五扇门，但是就自在程度而言，他们比我好不了多少。

朋友，如果我在上文中对感觉的描述不够准确，我可以求得你的谅解吗？

第五章　领悟振动

当我的指尖触及钢琴时,我很享受这种乐器弹奏的乐曲。我把手放在钢琴上,感觉到它发出的颤音,感觉到重复的旋律,感觉到随后出现的静音。这让我明白,声音是如何在人的耳际之间消失的。

第五章 领悟振动

我已经谈到，日常生活中有许多振动触及我的感官；有些更高亢、更宏大的振动引起我的情感反应，它们种类繁多，数量巨大。我带着敬畏之心，聆听滚滚而过的雷声，聆听大浪撞击海岸的沉闷声音。

我喜欢管风琴，喜欢这种音色丰富的乐器。它仿佛能抓住大海的所有音符，然后在汹涌澎湃的海浪中猛地释放出来。假如我可以看到乐谱，我就能判断从管风琴中流出的那些音符的去向，追踪它们的起伏变化。音符伴随着不时出现的轻快振动，时而高亢，时而低沉，时而如暴风骤雨，时而又轻柔严肃。我应该说，管风琴曲让我充满狂喜。

在其他乐器的演奏中，也有可以触知的愉悦。小提琴似乎具有灵性，琴声一一回应着大师指尖的细微变化，音色比钢琴更为细腻。

当我的指尖触及钢琴时，我很享受这种乐器弹奏的乐曲。我把手放在钢琴上，感觉到它发出的颤音，感觉到重复的旋律，感觉到随后出现的静音。这让我明白，声音是如何在人的耳际之间消失的：

....

仙境的号角轻轻响起，

远离悬崖峭壁，多么甜美，
多么淡雅，多么清晰，
伴着清风渐渐远去。

我可以理解乐曲的主导精神和基调，我可以捕捉音符在键盘上欢快跳动的身影：它有时吟唱缓慢的挽歌，有时弹出轻快的幻想曲。伟大的音乐家用手指在乐器上表达心声，这种乐器多么美妙！

我为瓦格纳激情四射的歌剧《女武神》所震撼。在剧中，沃坦点燃了令人望而生畏的火焰，保护沉睡之中的布龙希尔德。

我无法区分不同的乐曲。我觉得自己也许能做到这一点，但是这可能会让我的注意力承受巨大的压力。因此我怀疑，由此得来的快乐是否可以补偿自己作出的努力？

我也无法轻松地分辨出歌唱的曲调。不过，我通过把手放在别人的喉咙和脸颊上，可以欣赏到声音的变化。我能够判断歌者声音的高低，评判它是否清晰，感受它表达的情感。老年人的声音与年轻人的声音不同，它给人单薄、颤抖的感觉。南方人说话慢吞吞的，与北方人的鼻音大不一样。有时候，声音的起伏非常具有魅力，即使我并不知道说的是什么意思，我的指尖也会获得近乎完美的愉悦。

我对刺耳的声音异常敏感，比如磨牙声、擦刮声，还有锈锁发出的咯吱声。雾中传来的哨声让我非常害怕。我曾经站在修建大桥的工地附近，感觉到各种各样的嘈杂声：卸下大块石头的声音、松动的泥土滚动的声音、机器传来的轰鸣声、手推车倾倒泥土的声音、大锤发出的声音；我还能嗅到火炉、沥青和水泥的气味。我因此对钢铁和采石行业的辛苦工作有比较直观的理解。

我相信，我熟悉人和机器产生的可怕噪音：重物倒下时发出的巨响、加工木材时发出的令人颤抖的撕裂声、敲击冰块发出的清脆响声、大树被飓风吹倒时发出的巨大撞击声、运货列车转弯时发出的刺耳噪音、气体爆炸的响声、爆破石头的轰隆声、岩石垮塌之前相互摩擦发出的刺耳声，所有这些我都通过触摸有过亲身感受。这样的经历能帮助我理解发出巨大响声的情形，比如说喧闹的场面、战场、海上龙卷风、地震等等。

触觉让我了解城市的交通和丰富多彩的人类活动：大街上人群熙熙攘攘，有轨电车发出难以名状的摩擦声和鸣笛声，林林总总的商店里冒出人们呼出的废气，汽车、马匹、水果摊和各种烟雾散发出不同的气味。

> 气味怪异，发出霉味，
> 空气刺鼻，弥漫尘味，
> 卷着石灰和沙，
> 没人能够忍受，
> 街道不能通行，
> 居民脾气暴躁，
> 人人都在哭泣，
> 看眼前的沙尘，
> 嗅漫天的臭味，
> 人们不寒而栗，
> 完全停下——或者至少放缓脚步——
> "天哪，这城市何时毁灭？"
>
> ——乔治·阿诺德

都市让人兴奋，但是在感受了刺耳的火车轰鸣，远离了城镇的喧嚣之后，乡村具有的宁静质感总是令人心旷神怡。

第五章　领悟振动

大自然在不断地吐故纳新，这里的一切活动安安静静，在不知不觉中进行，没有榔头的敲击声，没有锯子的切割声，也没有石头的破裂声。你只会听到微风吹动树叶，发出刷刷的声音；成熟的果实落在草地上，传来啪啪的声音，仿佛弹奏出动听的乐曲。

花开花落，春华秋实，悄然无声，一切都回归大地，来年重新生长。当忙碌的设计师还在城市里夜以继日地辛勤工作，这里的一切已经安然进入梦乡。

当土地萌动时，宁静在乡村依然随处可见。绿草、青藤和野花漫山遍野，此起彼伏；原本光秃的树干披上了绿幔；挺拔的大树敞开了博大的胸怀，欢迎鸟儿回来搭建它们面向西南的宽大居所。

哦，幸运的生灵在大自然到处都可以找到安身之处。草地上的小溪挣脱了冰雪的束缚，发出咯咯的笑声，自由自在地潺潺流淌。伴随着大自然的管弦乐，沐浴着浓郁的芳香，用不到两个月的时间，这一切便呈现在人们眼前。

大地发出成千上万种絮语，它们一一浸入我的心扉：一簇簇青草籔籔摇头，一片片树叶如丝飘荡，小虫呢喃，蜜蜂在我采摘的花朵上吟唱，小鸟出浴后扇动翅膀，溪水穿过小卵石，泛起阵阵涟漪。我能感觉到这些温馨的声音，它们在我的脑海里萦回环绕，震颤作响，化作永不消失的快乐记忆。

在我与他人的体验之间，并不存在自己难以逾越的鸿沟。这是因为我不断地调整给我启迪的触摸方式，不懈地探索整个世界，探索生活，探索人们周围绚丽多彩、充满活力的环境。

无处不在的空气具有令人震撼的能量，充满温暖，叫人心醉神迷。热浪和声浪以无尽的方式抚摸我的脸庞，让我不禁自问：这世上究竟有多少自己失聪的双耳无法听到的声音？

在不同地域、不同季节，甚至在一天的不同时段，空气都各不相同。从河岸飘来的微风湿润，带着陆地的气息，与气味浓重的清新海风大不相同。山风干燥、轻柔，令人神清气爽，不可能与充满咸味儿的海风混为一谈。

冬雨稠密、猛烈、集中；春雨柔和、充满动感，带着许多来自泥土、青草和嫩芽的可触知的气味，具有让万物复苏的活力。仲夏的空气要么带着水汽，显得浓厚；要么干燥、灼热，就像从火炉里冒出来的热浪。一阵清风吹走难耐的闷热，常常带来暴风雨的气息，不过这气息远远没有五月的气息那么丰富多彩。

吹散沉闷空气的阵阵清风与冬天里的刺骨寒气也没有什么相似之处。

冬雨阴冷，凄凉而无味；而春雨清新、芳香，具有赋予生命的热度。我以愉悦之心迎接它的到来。它探访大地，充盈河流，慷慨滋润山冈，滴滴融入犁沟，为种子备好温床；它散发出香气，让人百闻不厌。春雨美丽、公平、可爱，珍珠般的雨滴落在大树和灌木的每一片叶子上，以公平之心呵护着需要滋养的所有生物。

五官感觉互相帮助，互相支援，我无法确定，究竟是触觉还是嗅觉给我提供了更多关于世界的知识。无论在什么场合，触觉之河都受到嗅觉溪流的滋养。

每个季节都散发出各自特有的气味。春季，泥土散发出芬芳，充满生命的元气。夏季，到处弥漫着成熟谷物和干草的气味。随着季节向前推移，一种清新、干燥、成熟的气味弥漫在空气中，金色的秸秆、艾菊和常绿植物标示着一年的时间变化。秋季，诱人的芳香从灌木丛中，从青草地里，从花朵和森林间飘逸而来，弥散在空气之中。这让我意识到季节的更替和变化，了解死亡和生命的更新，体会愿望和实现愿望的方式。

第六章 嗅觉天使

嗅觉是一位有力的奇才，它让人们跨越遥远的距离，跨越已经度过的岁月。嗅觉扩大了我的视野，为我提供有益的信息，给我的生活带来快乐。这一切不会因为某个走在宽阔的视觉大道上、患有强迫症的评论者没有开发自己的嗅觉而有所改变。

第六章　嗅觉天使

难以解释的是，嗅觉在其姊妹中没有获得应有的地位，有点儿像堕落的天使。当嗅觉用绿色林地的香味儿诱惑人们，用漂亮花园的芬芳欺骗人们时，它得到人们的由衷赞赏。但是，当它提醒人们附近出现了某种有害物质时，人们却对它另眼相待，仿佛嗅觉天使变成了恶魔。它忠诚服务，却受到人们的惩罚，被放逐到黑暗的外界。在讨论人类的偏见时，最难做到的事情就是保留文字的真实意义。我觉得，自己难以对嗅觉进行体面而真实的描述。

在我的经历中，气味最为重要。我发现，被人们忽略和贬低的嗅觉品质高尚，具有很高的权威。《圣经》记载，上帝让自己面前香火不断，保持温馨的气味。这气味穿过带有热度的阳光，穿过随风摇曳的树枝；一浪接一浪的香味之潮时而浓重，时而清淡，无形的芳香充满了整个世界。

依我所见，就给人带来的愉悦而言，来自眼睛的任何感觉都无法与气味或者香味相比。宇宙间的一缕微风让人梦想自己没有见过的世界，在刹那之间回忆起自己最珍视的岁月。每当闻到雏菊的芬芳时，我都不禁想起和老师一起度过的快乐清晨：我们在田野里漫步，我学习新的单词，学习事物的名称……

嗅觉是一位有力的奇才，它让人们跨越遥远的距离，跨越已经度过的岁月。水果的气味将我吹送到南方的故乡，让我重新体验童年时代在桃园里的嬉戏；其他稍纵即逝的气味，有时让我的心灵快乐跳动，有时又让我想起记忆之中的悲伤。一想到嗅觉，我的鼻子里就弥漫着种种气味，让我想起过去的夏日，想起远方田野里飘香的庄稼。

在草地上，刚刚收割的牧草躺在阳光下，从那里飘来的淡淡微风使人忘记此时此地的情景。我仿佛回到了红色老粮仓，与儿时的玩伴儿一起在干草堆里游戏。

那是一个巨大无比的草堆，身材最矮的小孩子站在顶上也可以摸到粮仓的椽子。粮仓下面的马厩里喂养着牲畜。在这里，杰里——那个反应迟钝、不算漂亮的杰里，嘴里咀嚼着燕麦，仿佛一位名副其实的悲观者，发现自己的食物不太好，至少它应该再好点。

我又一次摸了摸布朗尼。对人亲热的小布朗尼为了得到爱抚，愿意暂时离开嫩绿欲滴的草料，扬起漂亮的长脖子，让我抚摸。旁边站着的是人称贝尔夫人的母马，她的嘴巴湿润，非常可爱，懒懒地从梯牧草和苜蓿中吸吮汁水，心里渴望着六月茂盛的草场和低

第六章　嗅觉天使

声吟唱的溪流。

嗅觉能够在暴风雨到来之前几个小时，告诉我许多可见迹象。我首先注意到，在我的鼻孔里出现下意识的跳动，一种轻微的颤抖，一种聚集；随着暴风雨步伐越来越近，我的鼻孔张得更大，以便接受扑面而来的泥土气息；接着，雨点儿便开始洒在我的脸上。随着暴风雨慢慢离开，渐渐远去，那种气味开始减弱，越来越轻微，最后在空气之中完全消失。

借助嗅觉，我可以知道自己走进什么样的房子；我可以辨识老式的乡村住房，能嗅出它有几层气味，那是几代人、不同的植物、香水和装饰织物留下的痕迹。

在暮色的宁静中，外界的振动没有白天那么密集。我主要依赖嗅觉辨别身边发生的事情：火柴的硫磺味儿告诉我，油灯已经点亮了；之后，我会注意到某种气味的痕迹，它四处飞扬，后来消失了——那是宵禁的信号——入夜，油灯已经熄灭。

在户外，我借助嗅觉和触觉，可以知道我们走上什么路面，经过什么地方。有时候，如果没有风，气味的种类分明，我可以知道乡村的特征，可以确定牧场、乡村商店、花园、仓库、松树林或者开着窗户的农舍所在的位置。

有一次，我走进一片自己熟悉的树林，突然闻到一种令人不安的气味，于是停下脚步。我感觉到一阵有节奏的刺耳声音，最后出现一声沉闷的巨响。我知道那种气味和声音——有人在砍树。我急忙爬上左侧的石墙。我非常喜欢那片树林，它就像是自己拥有的一份特殊财产。但是，空气中的陌生躁动和不同寻常的阳光曝晒告诉我，我的大树朋友已经不复存在了。

那个地方光秃秃的，仿佛是一处被人遗弃的屋基。以前，这里矗立着高大的松树，它们挺拔、漂亮、芳香；如今，我伸出手来，摸到的只有阴冷、潮湿的树桩。地上四处散落着残枝，就像被人砍下的鹿角。我的周围，一堆堆锯木屑随风旋动，跌跌撞撞，散发出松树的芳香气味。我喜欢的美景遭到无情毁坏，心里不禁涌起一阵难以名状的愤恨。

空气中既有生命的气味，也有毁灭的气味；死亡和成长一样，总是伴随着征服一切的生命。太阳像往常一样灿烂，一阵阵疾风掠过树木砍伐之后留下的空地。我知道，在原来大树矗立的地方，新的树苗将会生长出来，它们会像原来的那些大树一样漂亮，荫庇后人。

借助触觉获得的感知是永恒的、确切的，而气味四处散发，容易消失，且浓度和散发的位置容易发生细微变化。气味中还有某种别的东西，它给予我距离感。我称之为地平线，它位于气味散发的边缘，与想象力交汇。

与触觉和味觉相比，嗅觉给我的知识更多，其作用方式堪与视觉和听觉媲美。由于存在着不同的接触面，触觉似乎存在于被触摸的对象之中。与之相比，嗅觉没有浮雕感，气味似乎并不存在于被闻到的对象之中，而是存在于人的鼻孔之中。

我能从远处嗅到大树。由此我意识到，人不用触摸就能看到它。对于人的视网膜上会出现这棵树的图像而没有浮雕感这一事实，我一点儿也不觉得困惑，因为我通过嗅觉感知到这棵树，觉得它是一个形状极不规则的依稀可辨的球。

气味本身并不暗示任何东西。我必须借助联想，通过气味的浓淡来判断距离、场所、行为或者气味通常出现的环境，这就像有人告诉我的，一般人是通过颜色、明暗和声音来进行判断的。

通过呼吸的味道，我能了解人的许多情况，常常能推断出他们是干什么的或者正在做什么。木头、钢铁、油漆或者药品的气味会依附在人们工作时所穿的衣服上，所以我可以将木匠与铁匠区分开，将艺术家和石匠与从事化学工作的工人区分开。当一个人从一个场所很快地进入另一个场所时，我可以从气味中得出印象，知道他是从厨房、花园、病房或者其他什么地方来的。

肥皂、厕所用水、干净衣服、毛制品、丝绸制品或者手套都散发出不同气味，这些气味让我对新鲜品质和良好品味有了很好的理解。

实际上，我的嗅觉远没有猎犬或者其他动物那么灵敏。不过，盲人也不用担心我所用的探求技巧，因为除了水和过时的痕迹之外，还有其他东西产生干扰，使我作出错误判断。

尽管人们散发的气味千差万别，但它们像手和面孔一样，是可以辨识的。我钟爱的人散发的亲切气味非常固定，非常清晰，没有什么东西可以消除它们。如果与多年不见的挚友重逢，即便在非洲大陆上，我也能立刻辨识出他的气味，不亚于认出自己家人的速度。

很久以前，在一个拥挤的火车站上，一位女士曾在匆匆经过时吻了我一下。我当时甚至没有接触到她的衣服。但是，她的吻留下了气味，让我对她有所了解。事隔多年，我依然记忆犹新。

人的气味稍纵即逝，难以用语言表达。对于嗅觉，似乎也没有适当的词汇可以描述，我只有使用尽可能相近的语言和比喻来评介它。

有些人散发出的气味依稀模糊，让人无法作出具体判断。那气味四处飘浮，嘲笑旨在捕捉它的任何努力。这就是嗅觉体验的不确定特征。

有时候，我会遇到气味缺乏个性特征的人，这样的人常常要么没有生气，要么沉闷乏味。与之相反，具有强烈气味的人常常具有很强的生命力，他们精力充沛、思维敏捷。

男性的气味通常比女性的更加强烈、更加充满活力，容易区分出来。

年轻人的气味中，含有某种原始的东西，有点儿像火，像暴风雨，像散发咸味儿的大海。这气味充满活力和欲望，让我想起世界上一切有力、美好、快乐的东西，并给人愉悦的感觉。

我很想知道，其他人是否也能感觉到，所有的婴儿都有相同的气味。这气味纯洁、质朴、难以解释，就像他们尚未唤醒的个性。小孩子长到六七岁时，才开始具有可以感知的个人气味。随着身体力量和精神力量的增强，这些气味得到培育，变得日渐成熟。

也许，我写下的这些关于气味——尤其是个人气味的文字将被视为不健康的情趣。有人可能会说，像我这样的人不可能理解"眼睛看到的美丽现实世界"。

有的人色盲，有的人音盲，大多数人嗅觉非常迟钝。如果有的人的耳朵无法区分不同的和音，我们不应该依据这个人的判断来批评音乐作品。同理，我们也不应该根据色盲评论者提供的评价来判断画作。

嗅觉扩大了我的视野，为我提供有益的信息，给我的生活带来快乐。这一切不会因为某个走在宽阔的视觉大道上、患有强迫症的评论者没有开发自己的嗅觉而有所改变。

味觉、嗅觉和触觉给我提供确定性信息，提供若隐若现、转瞬即逝、常常难以察觉的感觉。如果离开这些感觉，我就不得不完全依靠别人来获得对世界的认识，就会缺乏将光明、色彩和变化多端的火花注入自己的世界的神奇力量。如果这样，连接和支撑自己想象力的种种组合而成的感性现实就会被打得粉碎；脚下坚实的土地就会消融，并在空中弥散；双手珍视的对象就会变成没有形状、死气沉沉的东西；我自己就会有行走在隐形幽灵之间的感觉。

第七章　感觉的哲学

　　我对五官感觉这样排序：嗅觉的地位比听觉稍低一些，触觉比视觉高出许多。伟大的艺术家和哲学家似乎都赞同我的划分。狄德罗曾经说过："我发现，在五官感觉之中，视觉最肤浅，听觉最傲慢，嗅觉最易给人快感，味觉迷人而多变，触觉最深刻、最具哲学意味。"

有一次，我曾一连几天没有嗅觉和味觉，完全与气味分离开来。我吸入空气，但是闻不到任何气味，那种感觉真是难以名状。尽管程度不同，但就像一个人刚刚失明，渴望着哪一天、哪一刻忽然重见光明那样，内心充满期待。

不过，当时我知道，过些时候嗅觉就会恢复。疑惑之余，一种孤独感慢慢向我袭来，就像我以前熟知其气味的空气一样无尽无边。那段时间，我渴求记忆中嗅觉带来的各种微妙的愉悦感觉。当失去的嗅觉恢复时，我因为欣喜而心跳加速。

有一段关于花卉的文章讲述了凯和耶尔达的故事，童话故事作家汉斯·安德森对气味进行了细腻的戏剧性描写。凯受到邪恶魔法师的控制，无法体会人类之爱。当他发现玫瑰花失去甜美的芬芳时，慌忙离家出走。

那几天失去嗅觉的经历让我比以前更清楚地认识到，突然失明会让人产生怎样茫然无助的感觉。我稍加想象就能体会到这样一种情形：巨大的幕布突然关闭，白昼、星星失去了光亮，苍天失去了光彩；一个盲人在恐惧中摸索前进，希望看到光明；然而在他脚下铺开的不变的虚空将黑暗的现实烙印在他的意识之中。

第七章 感觉的哲学

我暂时失去嗅觉的经历证明：一种感觉的丧失未必让人的其他官能变得迟钝，未必会扭曲人对世界的看法。所以我推断，失明和失聪不会影响心智的内在结构。我知道，假如自己闻不到气味，我仍然拥有相当大的一部分世界。在寂静无味的黑暗之中，新颖的令人意外的东西比比皆是，冒险经历也会大大增加。

我对五官感觉这样排序：嗅觉的地位比听觉稍低一些，触觉比视觉高出许多。伟大的艺术家和哲学家似乎都赞同我的划分。狄德罗曾经说过："我发现，在五官感觉之中，视觉最肤浅，听觉最傲慢，嗅觉最易给人快感，味觉迷人而多变，触觉最深刻、最具哲学意味。"

一位我从未谋面的朋友给我寄来一段文字，引自西蒙兹的《意大利的文艺复兴》：

洛伦佐·吉贝尔蒂描述了他在罗马看到的一件古代雕塑作品，接着说道："仅用语言是无法表达这件作品所展示的深奥学问、精湛技艺和完美艺术的。细腻的艺术美是无法通过视觉发现的，只能借助拂过艺术品表面的手的触觉来领悟。"

他在论及帕多瓦创作的另一件古典大理石雕塑作品时说："在基督教信仰占据统治地位的时代，这尊塑像被一位上流社会人士收藏。他发现它具有天才的构思，雕刻技艺非常精湛，非常完美。他深受触动，心中涌起虔诚的信念。于是，他命人用砖头建造了一座坟墓，将雕像埋在里面，上面盖了一块巨大的石板。这样，雕像在任何情况下都不会被人损坏。雕像具有许多动人之美，只靠眼睛是无法理解的，无论在强光或者柔光之下均是如此。只有用手触摸，才能发现它们的美。"

请伸出手来，感觉阳光的赐予吧。把柔软的花朵捂在脸上，用手指感受它们优美的形状、微妙变化的形态以及它们的柔韧和新鲜。

让你的脸庞接触扫过天际的空气之流吧，"吸入大量的空间之风"，你会对永不疲倦的空气流动大加感叹。

请伸出双手感受蜿蜒而来的潺潺流水，逐一收藏不断从手指流向心田的无限音乐吧。

有触觉这种最有效最富于情感的感觉忠实地为你服务，我们的世界怎么可能失去生机呢？

假如有一位仙女要我在视觉与触觉之间作出选择，我肯定不会放弃手带来的惹人喜欢的温馨接触，不会放弃涌入我掌心的那些形状、动感和完美的享受。

第八章 感官世界

诗人告诉我们，黑夜隐蔽着奇妙的东西，盲人面对的黑夜也有它的奇妙之处。人世间，真正没有光明的黑暗是无知和麻木的黑夜。

明眼人和盲人之间的差别不在于拥有多少种感官，而是在于使用感官的方式，在于探寻超越感官的智慧时拥有的想象力和勇气。

诗人告诉我们，黑夜隐蔽着奇妙的东西，盲人面对的黑夜也有它的奇妙之处。人世间，真正没有光明的黑暗是无知和麻木的黑夜。

明眼人和盲人之间的差别不在于拥有多少种感官，而是在于使用感官的方式，在于探寻超越感官的智慧时拥有的想象力和勇气。

教无知的人如何思考非常困难，其难度大大超过教聪明的盲人如何领略宏伟壮观的尼亚加拉大瀑布。我与这样的人交谈过，他们视力良好，但却对森林、大海和天空的自然美视而不见，对城市街道上发生的一切也熟视无睹，望着书本则一脸茫然。这样的视力完全是毫无智慧的赝品。与其满足于这样的可视行为，毋宁保持自己的智性、感觉和感性，在看不见的黑夜中永远航行。这些人看得见日落、晨晖和远山的紫雾，然而在穿越这个充满魅力的世界时，他们的灵魂里只有空洞的目光。

失明带来的苦难是巨大的，无法弥补。但是失明不能剥夺我们与明眼人共享世间珍宝的权利，这些珍宝包括服务、友谊、幽默、想象力、智慧等。控制命运的是我们内心隐秘的意志。我们拥有行善的能力，拥有施爱和被爱的能力，拥有进行思考、让自己更加睿智的能力。

我们像上帝的其他孩子一样，享有这些来自精神的力量。因此，我们也能看见西奈山上的闪电，听到西奈山上的雷鸣；我们也能穿越旷野，穿越荒凉之地，给人们送去快乐；我们所到之处，就连沙漠，上帝也会让它像绽放的玫瑰花一样美丽；我们也能进入上帝的乐土，获得精神的宝藏，获得生命和自然的未知永恒。

我们具有面对未知世界的精神力量，可以努力解决各种问题。这个明眼人生活的世界对我们是否还有其他要求呢？我们富于想象、同情和仁爱。这些深深根植于我们内心深处的品质通过某种替代方式，让我们与他人分享在某种意义上我们没有的东西。

当我们遇到与色彩、光亮和面容相关的表述时，会借助从自己的其他感觉中获得的信息，进行类比、猜测、推理和思考，进而理解它们的意义。

我常常很自然地进行思考和推理，获得推知性认识，仿佛我拥有全部五种感觉器官，而不是三种。这种做法不是自己能够控制的，它是无意识的、习惯性的、出于本能的。我无法强迫自己说"我感觉"，而不是"我看见"或"我听到"。当我寻找字眼儿来准确描述影响我的三种身体感觉的外部事物时，发现"感觉"这个词语和"看见"与"听到"一样，仅仅是一种约定俗成的习惯用语而已。

当人失去一条腿时，大脑会一直驱使他使用他没有的那条腿，让他觉得它仍旧长在自己的身体上。在人的眼睛和耳朵受到损害之后，大脑会继续刺激视觉活动和听觉活动，这样的情形是否可能出现呢？

也许只有处于同一个身体之内，五官感觉才能以智性的方式，共同实现功能。不过，如果其中的两三种感觉不能得到其他感觉的协助，它们就会在另外一个身体中寻找补充感觉，就会发现自身很容易与借来的感觉结合起来。当自己的手因为接触过多的东西觉得疼痛时，我可以借助他人之手获得缓解。我在面对黑暗，思考没有音乐、没有色彩、各自分离的物质的过程中，有时用脑过度，心智变得迟钝，于是我求助于他人能够看到光明、和谐和色彩的心智力量，让我的心智很快恢复灵活性。由此可见，如果五官感觉不是处于分离状态，失聪盲人的生活就不可能与听力灵敏、视力良好者的生活分隔开来。

失聪的盲人可能像席勒笔下的跳水者，被反复投入未知的海洋之中。但是与那个注定失败的角色不同，失聪的盲人胜利地回来了，并且掌握了一个宝贵的真理：他的心智没有残疾，没有受到五官感觉残缺的限制。在他的心中，眼睛和耳朵认识的世界变成了一个十分有趣的题目。

他的感觉促使他充分利用每一个与视觉和听觉相关的词汇。他没有关于明暗和色彩的触觉证据，于是勇敢学习，相信人类一切可知的真理都是自己了解的对象。他就像一位从事天文研究的天文学家，信念坚定，工作耐心，数年来夜复一夜地观察一颗星星。如果他发现了关于这颗星星的哪怕一个秘密，也感觉自己得到了回报。

有的人看不见外界的日常事物，也听不见外界的日常声音；有的人看不见无边宇宙之中的事物，也听不见无边宇宙之中的声音；这两种人都受到时空的限制，但是他们达成共识，决心克服自身的局限，为人类作出应有的贡献。

在各类世界知识中，很多都是通过想象构建的。历史就是以一种想象的方式让人们了解在地球上已经消失的文明。在现代科学领域中，许多重要发现都归功于发现者的想象力。他们并无准确的知识，也没有精确的工具来证明自己的理念。假如天文学在望远镜发明之前没有得到长足发展，没有谁会认为制造望远镜是有价值的。在伟大发明被制造出来之前，哪一项发明没有经过发明者的长期思考呢？

关于想象力的知识，还有另外一个杰出例证，这就是哲学家开始研究世界时抱有的统一性理念。哲学家不可能感知完整存在的世界，然而他们的想象力具有承受错误的能力。他们将不确定性视为可以忽略的东西，从而指出通向经验性知识的道路。

在创作巅峰状态，伟大的诗人和伟大的音乐家不再使用低级的视听工具。他们挣脱感觉支撑的束缚，乘着有力驱动的精神翅膀，高高翱翔，超越迷雾重重的山岭，穿过黑暗的峡谷，进入到充满光明、音乐和智性的王国。

什么眼睛看见过新耶路撒冷的辉煌？什么耳朵听到过天国的音乐、时间的脚步，知道运气的眷顾、死亡的打击？耳聪目明的凡人既没有听到过犹太山上的甜蜜喧哗，也没有看见过天国壮丽辉煌的景象。但是，成千上万的人多年以来一直都听到从那里传来的福音。

我们的失明状态根本不会改变内心存在的发展方向。最美丽的世界总是通过想象力来实现的，这一点对我们来说千真万确，对明眼人来说也是如此。如果你希望超越自己，成为美好、高尚、善良的人，那么闭上你的眼睛吧，在想象中，你就是自己渴望成为的人。

第九章　内在视觉

　　正是依照我们的接受能力，宇宙将无限奇妙的事物展现在我们面前。我们视觉的敏锐度不在于我们能够看到多少，而在于我们内心的感觉。

第九章　内在视觉

综观所有艺术、所有自然现象、所有条理清晰的人类思想，我们知道，次序、比例、形式是美的基本要素，它们都可以通过触觉感知。但是，美和韵律在层次上比意义更深邃。它们就像爱情和信仰，源于仅仅在很小程度上依赖感觉的精神作用。如果心灵的智性没有将生命注入次序、比例、形式之中，这些要素是不可能在大脑中生成美的抽象理念的。

许多视力极佳的人在感知方面处于视而不见的状态，许多听力极佳的人在情感上处于听而不明的状态。然而这样的人居然要限制虽五官感觉不全，但是拥有意志、灵魂、激情和想象力的人的视野。

如果信仰不启示人们、不告知人们他们能够创造出一个比这个物质世界更完善、更美好的世界，那么信仰就是被人嘲笑的对象。所以我自己也可以建构更好的世界，因为我是上帝之子，是创造一切的上帝的继承者。

世间万物中存在着一种和谐，它将人们对物质世界和精神世界的认识融合起来。依我所见，它包括一切印象、振动、冷热、味道、气味和感觉。这些被传递给心智，形成无限组合，与相关理念和后天知识交织起来。没有哪个富有思想的人会认为，我在前文所说的脚步声的意义仅仅限于物理意义上的振动。它包括大量呈现在具体自然元素和触觉律动之中的精神因素，是社会性很强的人类的生理习惯和道德品质的表现。假如气味与时间、与我生活的地方、与我认识的人之间没有关系，气味表示什么意义呢？

有时候，这种融合形成的结果是不成功的尝试，它试图将根本没有旋律、与交响乐相去甚远的音乐因素组合起来（为了让那些心存疑虑的人放心，我在这里补充，我曾经感觉过音乐家给小提琴校音，阅读过关于交响乐的书籍，所以我对自己所用的比喻相当了解）。但是，如果经过训练，有了经验，人的官能可以将杂散的音符聚集起来，组合成为完整、和谐的整体乐曲。如果完成这一任务的人天赋很高，人们就称他为作曲家。人们说的没错，盲人和聋人作曲不在行。然而，人们经常看到，双目失明、两耳失聪的人也可以进入美的王国。

我有一本可爱的诗集，作者伯莎·加勒伦夫人就是一位失聪的盲人女士。她的诗作才思横溢，有的温柔、甜蜜，有的充满悲剧性激情和强烈的命运感。她被维克多·雨果誉为"伟大的先知"。她还创作了几部戏剧，其中两部曾在巴黎上演。法兰西学院授予她

第九章　内在视觉

极高的荣誉。

正是依照我们的接受能力，宇宙将无限奇妙的事物展现在我们面前。我们视觉的敏锐度不在于我们能够看到多少，而在于我们内心的感觉。同理，纯粹的知识并不创造美，大自然给热爱她的人吟唱最美妙的歌曲。她不会将自己的秘密告诉那些仅仅满足分析需要、只是为了收集事实的人，而是要展示给在各种现象的暗示之中发现崇高而微妙感觉的人。

难道我不能使用诸如"新鲜"、"火花"、"黑暗"、"忧郁"这样的词汇吗？我清晨在田野里漫步，感觉到玫瑰花丛挂着露珠，散发出芬芳；我感觉到自己饲养的小猫嬉戏时身体变化的曲线和优雅的动作；我知道幼童可爱、羞涩的行为方式；我知道与所有这一切相反的、令人感到悲哀的情形，那是一幅可怕的触摸画。

有时候我会在尘土飞扬的道路上步行，并尽量让自己走得离家远一些。在突然出现的拐弯处，我踩着了备受饥渴折磨、地位低下的野草。我伸出双手，摸到一棵长势欠佳的大树，寄生虫像吸血鬼一样已经残害了它的生命。我触摸过漂亮的小鸟，它羽毛柔软的翅膀耷拉着，心脏已经停止跳动。我为身体孱弱的残疾儿童哭泣：他们有的腿部有疾，有的先天失明，有的甚至被智障所困。

假如我有汤姆森的天赋，我也可能根据自己触觉所获得的信息描绘出一幅《可怕的黑夜之城》。从这些截然对立的事物中，我们能否形成美的理念，能否确知自己何时会遇到可爱的事物呢？

下面这首十四行诗生动、流畅，表达了我们的视觉力量：

山冈致松树

啊，挺拔、庄严的森林之王，
你矗立在藤蔓不敢驻足的地方，
人们说你老迈，
你已在我险峻的悬崖上屹立百年；
然而，我回忆自己经历的沧桑，
在我的眼里，你刚刚生活了一天，
在原来森林之王逝去的地方，
我最先看见你头上的新绿；
我的年龄比人类更大，
比地上所有行走的动物，
比天上的飞鸟，比深海的精灵更大；

第九章 内在视觉

我是上帝计划的最初的朦胧轮廓；
只有永不停息的大海
和苍穹中的深邃星星可称作我的长者。

我高兴地得知，我的朋友斯特德曼在编写他的诗集时，已经知道了这首诗。他是位很有品位的诗人兼评论家，肯定会在美国诗歌的宝库中给予它一席之地。

这首诗的作者克拉伦斯·霍克斯先生从小失明，然而他将在大自然中发现的暗示组成了自己的心灵图像。他借助自己所获得的知识和印象，创作出悬挂在自己思想之壁上的艺术杰作。世界上所有纯真的精神都进入了诗人的家园。

在他的想象中，山冈是"上帝计划的最初朦胧轮廓"，这种奇思妙想实属罕见。这首诗的美妙之处正在于此，而不是一位盲人以如此自信的口吻讴歌天空和大海。

我们对宇宙的认识是触觉所得的印象加上文学典故以及别人观察结果的积累，所有这些因素都经过了情感层面上的融合。我的脸庞仅仅感觉了大气的一小部分，但是当我穿过连续空间时，便每时每刻在每个位置上都可以感觉到空气的存在。有人曾告诉我从地球到月亮的距离，从地球到其他行星的距离、到恒星的距离。我将自己触摸到的高度和宽度乘以千万倍，于是获得了对辽阔宇宙的深刻理解。

如果让我在水面上连续移动，只接触到水，没有接触到别的东西，我就会对映入人们眼帘的大海的无垠和浩渺有所了解。我在海上坐过帆船，涨潮的海水把船推向岸边，我难道不能由此理解诗人所用的修辞"春天的绿色如潮水漫过大地"？我体验过蜡烛的火焰如何在微风中摇曳颤抖，那么我是否可以说："无数萤火虫在挂着露珠的草丛中轻飞，就像颤抖的小烛芯？"

无尽的空间流淌着空气，太阳送来温暖，风中飘来一阵阵气味，天空中飘着我想象的云彩，小溪流过田野，微风吹皱宽阔的湖面，想象中的山坡呈现出富于质感的起伏。我散步的路旁矗立着一排排大树，还有别人告知的各种景点，我努力弄清楚了它们所在的方向。只需将这一切组合起来，你就会对我心中的美景持更加肯定的态度。我思绪所至的最远边界是自己心灵的地平线。从这条地平线出发，我能想象出人们肉眼看到的地平线。

触觉只适合物体表面之间的接触，它无法测量出遥远的距离，但是思维可以跃过任何沟壑。正是由于这个原因，我能够用文字描述我身体感觉不到的遥远对象。我触摸过婴儿柔嫩身体的优美弧线，我可以将这种感知应用于自然风景，应用于远方的绵绵群山。

第十章　相似的感知

　　我没有触摸过星星的轮廓,也没有触摸过月亮的光辉,但是我相信,上帝在我的心中点亮了两盏灯:一盏大的用于白天,一盏小的用于夜晚。我知道,有了它们,我可以像依靠北极星定向的水手一样,为自己的生命之舟导航,引领它顺利到达港口。

我没有触摸过星星的轮廓，也没有触摸过月亮的光辉，但是我相信，上帝在我的心中点亮了两盏灯：一盏大的用于白天，一盏小的用于夜晚。我知道，有了它们，我可以像依靠北极星定向的水手一样，为自己的生命之舟导航，引领它顺利到达港口。

　　也许我的太阳不像你的那样闪闪发光，也许装点我的世界的色彩与你所喜欢的并不完全相同，然而，它们对我来说依然是艳丽的。我的天空湛蓝，我的田野碧绿。

　　虽然我的眼睛看不到太阳，看不到闪电，看不到春天变绿的树枝，但是它们并没有因此而不存在。同理，即便你采取视而不见的态度，所有风景依然存在。

　　我知道，橙子的气味与葡萄柚的不同，鲜红色与深红色看起来也不一样。我可以想象颜色的深与浅，能够猜测颜色的深浅给人的感觉。气味和味道中存在着细微差别，我们称之为浓淡。我家附近有好几种玫瑰花，它们都有明显的玫瑰气味，然而我的鼻子告诉我，它们并不属于同一品种。美国美人玫瑰与深红蔷薇玫瑰不同，与法兰西玫瑰也不尽一致。

　　在我的嗅觉中，某些野草的气味渐渐减弱，这类似于你看到的某些色彩在阳光下出现的情形。我手里捧着的花朵非常新鲜，与我尝到的刚刚采摘的苹果不相上下。我利用这样的相似性来扩大我对色彩的认识。有的人借鉴视觉、听觉和触觉方面的相似性，而我借鉴物体表面、振动、味道和气味特征方面的相似性。这些事实鼓励我坚持下去，努力去弥补眼睛与双手之间的差距。

毋庸置疑，我现在完全能够理解人们看见美的事物、听到和谐声音时产生的愉悦。即使我形成这一看法的理念被证明是错误的，我与他人之间的这种联系也值得保持下去。

温馨、美好的振动通过其他物质，而不是通过空气打动我的心扉，它们的存在是为了让我用手触摸。所以我想象出一些甜美、愉快的声音，它们经过艺术编排之后被称为音乐。而且我记得，它们借助空气，进入人的耳朵，传达的印象在一定程度上与我的感觉类似。我知道音调是什么，因为通过触觉，可以感知它们在乐曲中的体现。我也知道阳光、火焰、双手、动物皮毛的热度各不相同，而且诸如冰冷的太阳这样的东西也真的存在。

于是，我想到触及人眼的各种各样的光亮：冰冷的、温暖的、充满活力的、朦胧的、柔和的、刺眼的，但是它们都是光亮。我想象，它们通过空气，触及广义的感觉，而不是触及触觉这样的狭义感觉。从我与声音打交道的经验看，我猜测出眼睛是如何区分光线的明暗变化的。当我解读女高音的嘴唇动作时，我注意到，在高亢激昂的声音中，有时出现或者低沉或者欢快的音调。

当觉得脸颊发热时，我知道自己脸红了。为了了解色彩，我与他人进行了许多交谈，阅读了许多著作。我自然而然会赋予色彩不同的意义，就像人们将某些意义赋予抽象的术语，比如希望、唯心主义、一神论、理智等，这样的术语无法通过有形的物体正确地表述出来，但是可以通过非物质概念与它们唤起的外部事物的理念之间的相似性来加以理解。

联想的力量告诉我：白色是高贵的、纯粹的；绿色表示勃勃生气；红色暗示爱情、羞耻或者力量。如果没有颜色，没有与颜色对等的元素，对我来说，生命就是没有光彩的、凄凉的，就是一片漫无边际的黑暗。

由此可见，通过一种内在的完整规律，我的思维不可能保持没有色彩的状态。将颜色和声音与物体区分开来需要花费很多脑力。

自从我接受教育开始，总是有人向我描述事物的颜色和声音，那些人感觉敏锐，对有意义的事物具有良好的悟性。因此我习惯地认为，事物是有声有色的。当然，习惯只是一部分原因，心灵的感觉是另一部分原因，五官感觉构造的大脑坚持自己的权利，这是其余的原因。

最为重要的一点是，无论我是否感知到颜色，世界的统一性都会要求世上的事物带有颜色。我不想让自己被关闭在色彩世界之外，我通过讨论，通过想象来参与其中，分享自己周围人的幸福，像他们那样，可以观赏日落或者彩虹的美丽色彩。

此外，我的手也分享这些多样化的知识。但是我们不要忘记，手指只能让我理解物体表面非常小的部分，我的手必须不停地触摸，才能获得对整个物体的认识。

然而更为重要的是，我的想象力没有被束缚在具体的触点、位置和距离上。想象力同时将所有部分融合起来，仿佛它看到或者知道——而不是接触到——那些部分。

我的马儿不喜欢被人抚摸，我每次触摸它时，它

第十章　相似的感知

都显得很紧张，我只能接触到它身体的一小部分。然而，我已经多次摸过它的小腿、鼻子、蹄子和鬃毛，由此我可以"看到"阿波罗的神马在天空中自由驰骋的情景。

这样的力量产生积极的作用，所以我头脑中的概念不可能模糊不清，它必然是有力的、明确的。这实际上证明了这一哲学真理：现实世界仅仅存在于头脑思维当中。这就是说，我肯定不可能触摸到完整的世界，触觉所及仅仅是其中很小一部分，远远不及别人的所见所闻。

但是一切动物、一切物体都以完整的形式进入我的脑海，占据各自的位置，与它们在物质空间的情形完全一样。我可以说，在我看来，是松树的理念——而不是松树本身——在我的脑海里摇摆晃动，发出刷刷的响声，使峰峦叠嶂的山脊奏出了美妙的乐曲。

在此说一说距我很远、自己无法嗅到气味的玫瑰吧。一阵芬芳悄悄地沁入我的鼻孔，我的手掌感觉到，一种轻柔的形状正在慢慢张开，那是圆形的花瓣、微卷的花边、弯曲的枝干和婀娜低垂的叶子。

我喜欢将世界视为一个整体，让它有声有色地进入我的视野。我"看到"人类、野兽、鸟儿、爬行动物、苍蝇、天空、海洋、山峦、平原、大岩石、小卵石。热烈的生命、上帝的创造遍布整个世界：手做出充满活力的动作，哺乳动物的皮毛闪着光泽，爬行动物扭动柔软的身体，各种昆虫发出响亮的嗡嗡声，我脚下的山坡高低不平，大风呼呼地吹着岩石。

然而尽管我可以尝试，我却无法让自己的双手触及世界的各个方面。一旦我试图这样做，整体便随即消失，剩下的只有物品或表面的一小部分，还有触摸的痕迹或一堆凌乱不堪的东西。这样做不会让我产生什么兴趣，也不会给我带来什么愉悦。

我想，只有让精巧的内在感觉全面恢复它应有的领域，它才会给予我欢乐，这是证明现实存在的最佳方式。

第十一章 蒙昧时光

那时，我生活在毫无生气的世界，不知道自己愚昧无知，不知道自己活着、有行动、有愿望。我既无意志，亦无理智，被世间的某些东西左右。我的行为举止只是受到某种本能的盲目驱使。

在见到老师之前，我并不知道自己的存在。现在，我根本无法用适当的语言来描述那种没有意识却焦虑不已的虚无时光。

那时，我生活在毫无生气的世界，不知道自己愚昧无知，不知道自己活着、有行动、有愿望。我既无意志，亦无理智，被世间的某些东西左右。我的行为举止只是受到某种本能的盲目驱使。

我的头脑让自己感觉到愤怒，产生欲望，觉得满足。这让我身边的人觉得，我能够支配自己的意志，能够思想。

其实，我记得这些事情，并非因为那时我知道如此，而是因为我有触觉记忆。

我记得，我思考问题时从来不皱眉头，我做选择时从来不事先权衡利弊；我还记得，我那时从来都没有想过自己喜欢或在乎什么东西。

我的内心生活一片空白，没有过去，没有现在，没有未来，没有希望，没有期待，没有惊奇，没有快乐，没有信仰。

没有黑夜，没有白昼。
唯有空洞吞噬的空间，

有固定点却没有具体场所；
没有星星，没有地球，
没有时间，
没有阻碍，没有变化，
没有善良，没有罪恶。

我浑浑噩噩地活着，不知道上帝，不知道永生，没有对死亡的恐惧。

我还记得自己那时可以通过触觉联想。我那时觉得，触觉刺激就像跺脚，就像窗户的开关，就像房门的关闭。

在反复嗅到下雨的气味，感觉到潮湿带来的不适之后，我与周围人一样，一旦下雨就跑着去关闭窗户。但是，那根本不是思维，那种行为与动物受到大雨的刺激，本能地进行躲避的情形没有什么两样。

出于模仿他人的本能，我折叠好洗干净的衣服，把自己的衣服挑出来放在一旁，给火鸡喂食，给玩偶缝上珠子当做眼睛，还做了我触觉记忆之中许多其他事情。

当我需要自己喜欢的东西——比如冰激凌，我的舌头上会出现好吃的味道（顺便说一句，这样的感觉我现在根本没有），我手里会出现打开冰箱门的感觉。我用手示意，母亲就知道我想要冰激凌。我用手"思考"，用手表达愿望。假如我可以创造人，我肯定会将大脑和灵魂放在他的指尖。

我从诸如此类的回忆中得出结论：自由意志或自由选择，理性思考或进行联想思维的能力，这两种能力的开发能够使孩子长大成人。

我当时并不具备思考能力，无法将一种心理状态与另外一种心理状态进行比较。因此，当我的老师开始对我进行启蒙教育时，我并没有意识到自己的大脑会出现什么变化。我只不过对她教给我的手指运动方式感兴趣，借助它们，我可以更轻松地获得自己想要的东西。我心里想到的只有我想要的东西，就像打开了更大的冰箱门。

后来，我学习了主格"我"和宾格"我"的意思，发现我可以有所作为，于是开始思考。在这种情况下，意识首次为我而存在。

由此可见，给予我知识的并不是触觉，而是灵魂的觉醒让我的感觉有了价值，让感觉认识各种物品以及物品的名称、品质和特征。

思考使我意识到爱情和快乐，意识到其他所有情感。思考的过程是：我首先非常希望了解，接着希望理解，最后希望反思我知道和理解的东西，反思未加思考的冲动。曾几何时，正是那样的冲动驱使我按照感官刺激的指令盲目行动；如今，这样的冲动已经消失了。

我无法比其他人更清楚地描述逐步出现的从具体印象到抽象理念的微妙变化。但是，我知道，物质观念——即源于物质对象的观念——首先以类似于触觉观念的形式出现，然后获得思想意义，最后思想意义在所谓的"内部语言"中找到表达方式。小时候，我的内部语言就是在心里拼写。我现在常常发现自己用手指进行拼写，也用嘴唇自言自语。在学习说话之初，我在心里抛弃了手语符号，直接用嘴进行表达。但是，当我试图回忆别人告诉我的事情时，我觉得有一只手在我的手里拼写。

人们经常问我，我对自己生活的世界的最初印象是什么？回忆自己最初印象的人明白，这简直就是一个谜团。

人的印象以不被注意的方式发展和变化，因此人们自认为的孩提时期的想法可能与当时的实际情况大不一样。不过我知道，在开始接受教育之后，自己触及的世界全都充满活力。我对着自己的爱犬，对着家里摆放帽子的木制人头拼写单词；我对花儿被人摘走的植物表示同情，因为感觉它们受到了伤害，它们可能因为失去那些花朵而深感悲痛。过了很多年，我才明白，自己的爱犬听不懂我的话，而我那时撞上或者踩着它们时总会表示歉意。

随着自己的见识越来越多，认识越来越深，孩提时期拥有的那些带有诗意的不确定的感觉逐渐变为明确的思想。于是，大自然——我可以触摸的世界——与我融为一体。我愿意相信那些哲学家说的话：人们知道的只有自己的感觉和理念。只需稍作带有创新的推理，我们就可以看到物质世界中存在一面镜子，可以看到自己永恒内心感觉的意象。无论在镜子中还是在意象中，自知都是意识的条件和限度。也许正是由于这个原因，许多人对超越自己有限经验的东西知之甚少。他们审视内心，竟然一无所获！因此，他们得出结论说，内心世界之外不存在任何东西。

尽管如此，我后来开始逐步在别人身上寻找自己的情感和感觉意象。我那时必须学习内在感觉的外在标记。刚刚出现的恐惧、被压抑和控制的痛苦、别人感到快乐时身上肌肉的颤动，所有这些我都必须感知，然后将它们与自己的体验一一比较，从而寻找它们在另外一个人的灵魂之中的无形踪迹。

我不断摸索，最初难以确定，后来终于发现了自己的特质。看到自己的思想和感觉在别人身上重复之后，我慢慢形成了自己对人世的看法，对天堂的看法。

我在阅读和学习过程中发现，这就是其他人做的事情。人类要先审视自己，经过一定时间以后再逐步发现认识宇宙的方法和探索宇宙的意义。

第十二章　可怕的偏见

从根本上讲，盲人的心智与明眼人的心智无异，没有什么欠缺可言。它提供了某种相等的东西，以便弥补缺失的生理感官；它在外界事物与内心事物之间感知到了一种相似性，在光明世界与黑暗世界之间感知到了一种对应性。

第十二章　可怕的偏见

在生活中，在匆忙而又严酷的生活面前，失聪盲童的思绪就像一只被束缚在光秃秃的巨石上的蜘蛛吐出的蛛丝一般，飘向周围无边无际的空间。

他耐心探索，逐步了解自己生活的世界。他的灵魂接触到美好世界，那里阳光明媚，鸟儿在歌唱。

对盲童来说，黑暗是友好的。黑暗中既没有异乎寻常的地方，也没有非常可怕的事物。这是他熟悉的世界。他摸索着，从一个地方挪到另一个地方，步履踌躇，有时还要依靠别人的帮助。对他来说，他已经习惯了这一切。

他并不知道，黑暗究竟要将多少欢乐挡在他的门外。后来，他以别人的经历为镜，衡量自己的处境，终于明白永远生活在黑暗之中意味着什么。但是，这一认识既让他知道了生活的痛苦，同时也带来了安慰——那就是精神之光，白天终将到来的希望。

盲童——我说的是失聪的盲童——继承了耳聪目明的祖先的心智，继承了得益于五官感觉的心智。心智的房间能够接纳语言，借助他所学习的语言，光明、色彩和歌声被传递给他。因此，即便这个世界对他来说是未知的，他也肯定会感受到光明、色彩和美妙之音。

人类的大脑充满色彩，它甚至也给盲人的言语涂上了色彩。借助记忆和联想，我了解到任何事物都带着属于它自身的色彩。

在耳聪目明人士居住的这个世界，失聪盲人就像来到一个陌生小岛的水手：那里的居民使用他不熟悉的语言，生活方式也与他的迥然不同。他孤身一人，而他们为数众多，双方不可能达成任何妥协。他必须学习用他们的眼光看待事物，用他们的耳朵聆听世界，以他们的思维方式思考问题，以他们的理想为人生目标。

假如包围失聪盲人的这个黑暗、寂静的世界与阳光普照、有声有色的世界之间存在着本质的差异，健全人就会觉得失聪盲人的世界是无法理解的，不可能与他们进行交流；假如失聪盲人的感觉和感受与别人的完全不同，除了具有类似感觉和感受的人之外，其他人就会认为，这是不可思议的；假如失聪盲人在意识方面与自己的同胞截然不同，他就无法想象同胞头脑中思考的一切。

但是，从根本上讲，盲人的心智与明眼人的心智无异，没有什么欠缺可言。盲人的心智提供了某种相等的东西，以便弥补缺失的生理感官；它在外界事物

第十二章 可怕的偏见

与内心事物之间感知到一种相似性，在光明世界与黑暗世界之间感知到一种对应性。我在许多事物的关系上都利用了这种对应性。无论对应事物与自己无法看到的事物之间存在着多大差异，我都可以发现其对应性。

作为一个科学工作假说，对应性适用于生活的方方面面，在一切现象范围之内均能成立。一闪而过的念头转瞬即逝，这类似于划过天空的闪电，划过天际的彗星。我内心的天空向我展示浩瀚无边的宇宙，我让自己的精神星星点缀其中。我借助思维的明晰性和方向性认识真理。我知道明晰性是什么，因此可以想象出眼睛见到光明的情形。

当我说"哦，我看到自己的错误了"，"他的生活太黑暗，太无趣了"时，我有时候会感到浑身一震。因为这不是约定俗成的惯常之说，而是对现实情景的强烈感受。我知道这些是比喻的说法，然而没有什么语言可以替代它们，所以我必须证明它们。与失聪和失明相关的对应比喻并不存在，而且也不是必不可少的东西。

我能够形象地理解"反射"一词的意思，所以镜子从来没有让我感到困惑。我的想象力可以感知不在场的事物，这种方式使我得以理解双筒望远镜放大物体的方式，它可以使物体显得更近一些，或者更远一些。

假如我不知道这种对应性，失去这种内在感觉，被限制在破碎、不连贯的触觉世界中，我就会变成一只四处游荡的蝙蝠。

设想一下这样的情形：我略去了所有表达视觉、听觉、色彩、光线、景色的文字，略去与它们相关的成千上万的现象、器具和美景。这样，在获取知识过程中产生的奇妙感和愉悦感就会大打折扣。更可怕的是，我的情感就会变得迟钝，这样一来，自己看不见的事物就不会令我感动。

有什么东西能证明充分的对应性是不成立的吗？有谁打开过盲人的脑室，发现里面空洞无物？有哪位心理学家研究了盲人的心智，并且可以负责地说"这里没有感性"？

我在坚实的地面上行走，我呼吸散发着芬芳的空气。这两种体验让我产生无数联想，形成多种对应。我观察，我感觉，我思考，我想象。我将无数不同的印象、体验、概念联系起来，而想象——大脑的机灵工匠利用这些材料，组成整体意象。

第十二章 可怕的偏见

因为我无法用生理意义上的眼睛看到自己思维之子的充满变化的可爱脸蛋，怀疑论者就要把它从我的心智中夺走，还要打碎我的心智之镜。这个精神上的野蛮人羞辱我的灵魂，强迫我屈服于物质的东西。在我逐步了解环境的过程中，他用事实的刺激来折磨我、引诱我。如果我听信于他，温馨的大地将会化为乌有，我手里就会只剩下一团没有思想、没有灵魂、死气沉沉的东西。不过，尽管血肉之躯植根于普罗米修斯的巨石上，精神富有的空气捕捉者依然会继续探求宇宙之中阳光灿烂的宽阔大道。

失明对心理视力没有起到什么限制作用。我的思想视野无限辽阔，它触及到的宇宙之大不可衡量。有的人要我将自己少得可怜的感官局限于狭小的范围内，他们是否会要求天文学家赫歇耳证明他发现的宇宙，是否让人们重新相信柏拉图提出的透明天体带有固体天穹的说法？他们是否会把达尔文从坟墓里拉出来，要求他修改他提出的地理时间，还给人们毫无价值的数千年？那些怀疑论者多么傲慢！他们总是企图剪掉向上奋飞的精神翅膀。

一个失去一种或几种感官的人并非像许多人想象的那样，终日行走在没有道路、没有地标、没有向导的荒野之中。在可见世界之门关闭之后，身处黑暗环境之中的盲人具有理解可见世界必需的全部能力。他发现，自己身处的环境与阳光普照的世界之中的环境相似，其原因在于，在内心世界与外部世界之间存在着一片无穷无尽的相似之海。他发现，这些相似之处——这些对应相当之处——可以满足生活的每种需要。

在我们考虑宗教和哲学赋予自己的责任的过程中，认识诸如对应性或象征性这类因素的必要性显得日益迫切。

我以为，盲人应该阅读《圣经》，将它作为获得精神幸福的一条途径。《圣经》中处处提及云彩、星星和美的事物。就使用它们的寓言和福音而言，提及这些东西常常对表达意义起到至关重要的作用。因此，我们必须看到某些人表现出来的矛盾之处：他们相信《圣经》，然而却剥夺我们讨论自己看不见的东西的权利，就此而言，他们也剥夺了我们讨论他们看不见的东西的权利。

谁能禁止我在心里吟诵："啊，他并不乘风飞翔。他将黑暗变成自己的秘密场所，他的帐篷四周黑水涌动，天上乌云密布。"

哲学不断指出五官感觉的不可靠性，强调理性的重要作用。理性纠正视觉产生的错误，揭示视觉给人造成的幻觉。如果我们无法依靠五官感觉，我们对三种感觉的依赖究竟减少多少呢？我们有什么理由抛弃作为世界有机组成部分的光线、声音和色彩呢？我们怎么才能知道，它们已经不复存在呢？即使哲学家无法从物理学角度看到整个世界的存在，我们也必须将它们存在的现实视为理所当然。

古代哲学提出了一个至今看来依然有道理的论点。在盲人和明眼人中，存在着一种绝对精神，它赋予人们认为真实的东西真实性，赋予有序的东西次序，赋予美的东西美感，赋予有形的东西可触性。

如果我们承认这一点，那么其结果是，这种绝对精神不是不完美的，不是不完整的，不是以偏赅全的。它必然超越我们感性的有限证据，让看不见的东西获得光明，让无声的乐曲拥有旋律。所以说，心智自身促使我们承认，我们处在理性的次序、美以及和谐的世界之中。这些理念的本质或绝对精神必然驱散其对立物，即邪恶、混乱和不和谐的一切。因此，失聪和失明并不存在于非物质的心智——即哲学意义上的真实世界——之中，而是与易损的物质性感觉一起被驱除出去了。

　　实在以可见事物作为其象征，在我心智面前显露出来。当我在自己的卧室里蹒跚挪动时，我的精神乘着雄鹰的翅膀，在天空中翱翔，借助不可抑制的视力，观照具有永恒之美的世界。

第十三章 梦幻世界

每个人在梦中都有过这样的体验：自己不断寻求某种迫切想要的东西，但是却劳而无功，感到非常恼怒。努力寻找一样隐藏起来的东西，结果却始终不见踪迹，身心异常疲惫。有时候，我不停地攀登，觉得脑袋眩晕，耳朵鸣响，不知道自己身在何处，为何处于如此状态。

每个人都会认真严肃地对待自己的梦境。但是，当我们在早餐桌旁听别人讲述前一天夜里的奇幻经历时，却止不住哈欠连连。因此，我不愿意阐述对自己梦境的看法。让读者感到厌倦是写书者不应为之的歪门邪道，如果超过情况的基本真实限度，啰啰唆唆地讲述遥远梦乡的事实，那就是打着科学旗号的歪门邪道。

心理学家提出许多理论，收集了大量事实。他们牢牢掌控着这些理论和事实，仿佛用皮带拴着一群恶犬。当人们行至偏离梦境可能性的狭窄道路时，心理学家就会让这样的恶犬猛扑上来。按照他们的说法，连讲述有趣的梦境也有随意编辑之嫌——似乎当编辑不是一份正当体面的工作，而是七大致命罪孽之一！有一点要说明的是，我现在坐在自己的早餐桌旁说话，现场没有心理学工作者诱使我这个特立独行的人说出自己不想说的话。

我曾经很想知道，为什么心理学工作者和其他人总是问我做了什么梦。但是我现在对此已经不再觉得奇怪，因为我发现他们中的某些人对一个失聪盲人的白天经历持何种看法了。那些人认为，即使对距离自己两手只有几英尺的东西，我也知之甚少。

第十三章 梦幻世界

根据他们的说法，我对身体之外任何东西的认识都是模糊不清的一团迷雾。树木、山川、城市、海洋，甚至包括我居住的房子，这些全是童话故事中的杜撰之物，是模棱两可的非真实的东西。因此他们认为，我做的梦对心理学研究者来说具有特殊价值。他们觉得，我做的梦应该揭示，我所在的世界是平面的，没有形状，没有色彩，没有透视感，没有什么厚度和实在感，只是一片荒凉的无声空间。

可是谁能够用语言来描述没有边界、看不清、听不见的空间呢？只有脱离肉体的精灵才能从这类虚无缥缈的体验中得出具体的东西。如果要让一个世界——或者这里所说的梦幻世界——被人们理解，这个世界就必须具有一种实质基础，可以被编织进幻想的纬线。即使在梦境中，人们也无法想象在现实中没有对应物的东西。幽灵总是与具体的人相像，如果幽灵自身不显现出来，就会通过人们非常熟悉的情境来显示它们的存在。

在睡眠状态中，人会进入一个奇特的、神秘的王国。迄今为止，科学研究尚未对它进行过彻底探索和解密。研究者依靠的是常识性规律和测试手段，所以无法越过睡眠的边界。

睡眠以最轻微的触觉，关闭身体感觉的所有大门，诱使有意识的意志——即清醒思考的执法者——进入休眠状态。这时，精神从理性思考的强健臂膀的控制下挣脱出来，仿佛一匹长着翅膀的骏马在碧绿的大地上风驰电掣，来无影去无踪。

科学无法追寻它的去向，无法让人们到达我们夜里造访的遥远的梦幻国度。人们从梦幻王国归来之后，已经无法以合情合理的方式讲述自己在那里的所见所闻了。

然而，一旦跨越睡眠的边界，人们就有怡然自得之感，仿佛自己一直居住在那里，从未进入过白昼这个理性世界。

我做的梦与其他人的没有多大差别。有的梦是连贯的，能够组成活动，形成结果；有的梦是松散的、离奇的。所有的梦都证实，在梦幻王国中没有静止。在那里，人总是处于动态之中，头脑里可以出现任何奇遇；在那里，人们活动、尝试、想象、受苦、开心，没有任何具体目的；在那里，人们不再受到可能性给人的羁绊，将现实生活中一切给人带来麻烦的怀疑和惹人烦恼的猜测全都留在梦幻王国的大门之外。

第十三章 梦幻世界

在那里，我像幻影一样，腾云驾雾，在风中自由出入，全然不知自己的反常之举。在那里，我发现几乎没有什么完全没有体验过的东西。无论出现什么事情，无论情景多么离奇，我都不会感到惊讶。在那里，我会访问自己在现实生活中从未去过的国家，用自己从未听过的语言与那里的人们交谈，而且可以很好地相互理解。无论我在梦中漫游到什么地方，都会出现这种交流的一致性。如果我碰巧进入了流浪之邦，也可以在大路上或酒馆里与在那里愉快生活的人们共度美好时光。

我记得，在梦中我从来没有遇到过无法交流的人，从来没有对梦中伙伴的行为感到震惊，表示惊讶。在梦幻王国暮色苍茫的丛林中，我以奇特的方式漫游，我的灵魂认为，那里的一切都是理所当然的，即便最不寻常的幻象也能被人接受。在那里，我很少感到困惑，一切都非常明白。我在事情发生的第一时间就对其有所了解，而且无论走到哪里，心智都是我忠实的向导和翻译。

我觉得，每个人在梦中都有过这样的体验：自己不断寻求某种迫切想要的东西，但是却劳而无功，感到非常恼怒。努力寻找一样隐藏起来的东西，结果却始终不见踪迹，身心异常疲惫。有时候，我不停地攀登，觉得脑袋眩晕，耳朵鸣响，不知道自己身在何处，为何处于如此状态。

然而我却无法放弃那种令人痛苦、满怀激情的尝试。我未加思索地反复伸出手来，总想抓住什么东西。当然，由于梦境是反常的，其实自己附近根本没有任何可抓住的东西。后来，我抓住了空气，接着便开始坠落，往下，往下，最后融化在一直托着自己上下漂浮的大气之中。

有的梦似乎可以追根溯源，一个套着一个，就像一组同心圆。在睡梦中，我觉得自己无法入睡。没有完成的工作让我辗转反侧，我决定起床，读一会儿书。我知道在书房的哪一个书架上摆放着自己想要读的书。它没有书名，但是我毫不费力就找到了。我舒舒服服地坐在沙发椅上，把那本巨著摊开放在腿上。但是我一个字也看不见，书页上一片空白。我并不惊讶，只是感到大失所望。我用手指翻过书页，充满爱意地俯身细看，泪珠洒落在手上。我合上书，心里闪过一个念头："如果把书打湿了，字就会被抹掉的。"然而页面上却什么字也没有。

今天早上，我觉得自己醒了，肯定睡过了头。我

第十三章　梦幻世界

抓起手表一看，没错，比平常晚了一个小时。我急忙起床，知道早餐已经准备好。我叫母亲，她说我的手表一定是坏了。她说话的口气肯定，要不然不可能晚了这么久。我又看了一眼手表：指针扭动着，旋转着，发出低沉嘈杂的声音，接着全消失了。我心里愈发惊慌，头脑更清醒了一些，从睡梦中醒来。

这时，我睁开眼睛，知道自己刚才是在做梦。我是在梦中觉得自己醒来了。让我觉得更加迷惑不解的是，假醒意识与真醒意识之间竟然没有什么差别。

我们清醒时见过的东西、有过的感受、做过的事情也许在梦境中突然出现，就像大海抛起被浪头吞下的东西，一想就叫人不寒而栗。在梦中，我将一个小孩子抱在怀里，四周一片混乱，我大声哀求俄国士兵不要屠杀犹太人。我身处法国大革命和史上所称的印度兵变的现场。城市在我的眼前化为灰烬，我奋力灭火，直到精疲力竭。大屠杀震惊世界，我徒劳抗争，努力去拯救我的朋友们。

有一次在梦中，听到这样一条消息：寒冬降临，北极圈蔓延开来，正向温带扩展。这条消息迅速传开。海洋在仲夏封冻，成千上万只船被困在冰面上，有的船只挂着巨大白帆。东方的财富，西方的粮食，这些东西也许已经无法在国家之间进行交易了。尽管天寒地冻，最初树木和花卉却仍然继续生长。鸟儿飞进屋里，寻求温暖；那些不耐严寒的鸟儿瘫软在地上，翅膀无助地扑腾。最后，树木和花朵倒在寒冬的脚下。经过冰冻，树叶变成翡翠，花瓣变成红宝石和蓝宝石。寒风穿透树皮，冻结树液，进入树根，树木痛苦地呻吟，树枝败落一地。我一阵颤抖，醒了过来，在欣喜中闻到被夏日阳光唤醒、带着甜意的早晨的味道。

你不用到亚洲或者印度丛林中去猎虎，只需躺在床上，靠着松软的枕头，梦中的老虎就会在人迹罕至的荒野出现，威风凛凛，与真的不相上下。

小时候，我住在亚拉巴马州姑姑的家里。一天夜里，我梦见自己试图穿过房子前面的花园，追逐一只身体肥胖、长着毛茸茸尾巴的猫咪。几个小时之前，那只猫把我的小金丝雀从窝里掏了出来，咔嚓一下叼了起来。我看不到那猫咪，但是头脑中的念头非常清楚："他要逃到花园尽头的草丛中去，我必须抢先赶到那里。"我伸手摸着栅栏，沿着小径快步向前。我跑到那里时，猫咪正要钻进随风摆动的草丛中去。我一个箭步上前，想要抓住他，把小鸟从他嘴里抢出来。这时，一只身体巨大的野兽——他根本不是猫咪——从草丛里跳了出来，强壮的肩膀猛地撞了我一个趔趄，吓了我一跳。他怒气冲冲，耳朵竖着，浑身震颤，眼里射出凶光，鼻孔张开，湿漉漉的，对着我龇牙咧嘴。我紧张极了，心想：这是老虎，活生生的老虎！我完了，小鸟和我都要被吃掉了。我不知道后来的情况。在梦中，一些重要情节很难及时出现。

前些日子，我做了一个梦，至今回想起来依然历历在目。姑姑没有找到我，正在伤心地哭泣。我脑子里闪过一个恶作剧念头：她和其他人正在找我，脚步急促，那声音我通过自己的双腿可以感觉到。突然，恶作剧的感觉消失了，取而代之的是担心和恐惧，我不寒而栗。空气中好像飘浮着冰块和食盐的气味。我拔腿想跑，但是脚下被深草一绊，摔趴在地上。我一动不动地躺着，浑身疼痛难忍。过了片刻，感觉似乎集中在手指上，我觉得那些草叶像刀片儿一样锋利，割得我的两手钻心地疼。我小心翼翼地想站起来，避免被锋利的草叶割伤。我试探着挪了一下脚步，很像我的猫咪初次进入后院的情形，仿佛那是一片原始森林。忽然，我感觉有什么东西偷偷地爬了过来，肯定是故意冲着我来的。

我至今仍不知道，自己那时怎么会产生那样的念头，我当时并不知道表达"意图"或者"目的"这个意思的单词。然而让我觉得害怕的不是慢慢爬过来的动物，而是那个冲着我来的邪恶意图。

我不害怕活着的动物，我喜欢父亲的爱犬，喜欢活泼的牛犊和温顺的母牛，喜欢吃我手里苹果的马和骡子，他们谁都没有伤害过我。我一声不响地躺着，在恐惧之中等待那动物向我扑过来，把锋利的前爪刺入我的肉体。

我心里想："那爪子可能像火鸡爪子一样。"

这时，我的脸上感觉到有什么温暖、潮湿的东西。我尖叫起来，手足狂乱晃动，醒了过来。我怀里仍然有什么东西在挣扎。我奋力抱住它，直到筋疲力尽才松手。我发现我抱着的是亲爱的老贝尔，就是我的塞特种猎犬。她正摇着头，用责备的目光看着我。

我和她刚刚在地毯上一起睡着了，梦中我们肯定去了那片森林：小姑娘们领着爱犬在那里狩猎，经历种种奇遇。我俩遇到许多小精灵对手，这就要求贝尔掌握所有狗的策略，同时要表现得像淑女猎手一样。

第十三章 梦幻世界   105

贝尔自己也做梦。那时，我俩常常躺在老屋花园的树下或花丛中。木兰叶飘落，砰地响了一声，我高兴地哈哈大笑，贝尔跳了起来，以为听到了鹌鹑落地的声音。她会找到飘落的木兰叶，衔回来，放在我的脚下，诙谐地摇着尾巴，似乎在说："吵醒我的就是这种鸟儿。"我用漂亮的蓝色桐树花做了一条链子，挂在她的脖子上，然后用大的心形叶片覆盖她的身体。

亲爱的老贝尔，她已经在狗儿天堂里的莲花和罂粟花丛中做了很久的梦了。

从小到大，有些梦在我的睡眠中不断出现。有一个反复出现的梦是这样的：一个精灵似乎从我面前晃过，让我觉得脸上一阵灼热，就像从发动机里冒出来的热气扑到我脸上。那是邪恶的化身。有一天，我险些被烧伤，当时我肯定有了这种梦魇。

另外一个常来捣乱的精灵会带来一阵冰冷的潮湿感，就像在 11 月凄冷的夜里开着窗户给人的感觉。那精灵停留在我伸手无法触及的位置，像悲痛之中的动物一样，不停地来回晃动。我觉得浑身血液发冷，似乎冻结在静脉之中。我想要躲开，可身体却一动不动；我想大声喊叫，却无法喊叫出声来。过了一会儿，那精灵离开了，我浑身战栗，告诉自己："那是死神，不知道他抓住她没有。"（"她"指的是我的老师。）

在睡梦中，会出现在现实生活之中我并不记得有过的感觉、气味、味道和想法。也许，它们是朦胧的感觉，是我的心智透过自己婴儿时睡眠的面纱捕捉到的东西。

我听到过"许多流水互相践踏的声音"。有时候，美妙的亮光在梦里出现，就像一道闪电，无比辉煌。我凝视着它，目送着它消失。像在清醒时一样，在梦中我也能闻到气味，尝到味道，但是触觉的作用就没有那么重要了。在睡梦中，我几乎从不摸索，没有谁给我引路。即使在人来人往的大街上，我也完全依靠自己，享受着现实生活中难得的独立性。在睡梦中，我很少用手指拼写单词，别人在我手上拼写单词的情形更加罕见。

我的心智以独立于身体器官的方式行动，即便这是在睡梦中，我也很高兴自己拥有这样的能力。这是因为，这时我的灵魂穿上了带着翅膀的鞋子，兴高采烈地加入到超越了生理局限的幸福的人群之中。

在梦中，道德的不一致性非常明显，我在梦中的言行与自己在现实奉行的原则之间的差距有时会很大。

在夜色中,我被抛入不道德的极端杂乱的行为之中。我要么拼死保护一个人,要么诅咒他死无葬身之地。我在睡梦中杀人,以便拯救他人的生命。有些言行在我清醒时想起来都觉得受到了羞辱,在梦中,我却觉得它们是自己最钟爱的人的所作所为,所以不停地谴责他们。

令人稍感宽慰的是,大多数邪恶的梦境很快就忘却了。清晨一觉醒来,梦中出现的可怕的暴病死亡、人们无所顾忌地追求的奇特的爱恨情仇、阴险狡猾的复仇密谋等等,全都成为依稀难辨、萦绕脑际的记忆,然后在白天被心智的正常活动清除得一干二净。

有时候,刚醒来时想起梦中的乱象,我心中觉得恼火,真希望再也不要梦见它们。可这样的念头尚未消失,自己就又进入了混乱不堪的梦乡。

哦,睡梦,我将这些骂名堆积在你头上——人们可以想象的最没用的东西、调皮的模仿者、令人作呕的对比的炮制者、预示不良之兆的小鸟、讽刺和嘲笑的回声、不合时宜的提醒者、经常出现的烦恼、立在我沙发椅上的白骨架、坟墓之中的小丑、婚礼宴会上的骷髅头。

大脑中的这些不法之徒在夜里公然对抗执行公务的心智警察。他们偷盗日落女神的苹果，打乱家里的和平气氛，彻底破坏安稳的睡眠。"可怕的噩梦把我的精神赶出了自己的土地。"哈姆雷特王子宁可忍受他所知道的种种疾病的折磨，也不愿意冒险遭遇一个可怕的梦魇。

如果没有梦中世界，人类面临的损失将是无法想象的。形成诗歌的神奇咒符就会被打破，就没有永不褪色的落日和花儿的幻象来催人实现目标。如果这样，辉煌的艺术就会变得暗淡，想象力飞翔的力量就会大打折扣。在梦中，默许或纵容会给灵魂壮胆，让它嘲笑时空的限度，预测并且实现未来的成就。如果没有梦，这样的默许或纵容将不复存在。

如果没有梦境，盲人将失去自己的一个主要慰藉，因为在梦中，他们用看得见的双眼看到了自己的信念，看到了自己超越单调、狭隘黑夜的光明愿望。更糟糕的是，我们对不朽的看法就会遭到动摇，信仰——这种人类生命的动力就会渐渐淡化。面对诸如此类的空白和虚无，人们确实应该愉快地接受梦幻世界。实际上，梦境带来与人们无关、甚至与人们的期望相反的思想：

> 灵魂可能纠正自身的本性，
> 用长索牵引巨帆，
> 向着无限王国欢快疾驶。

第十四章　梦境与现实

　　我们在梦境中看到的东西比现实生活之中的更加丰富多彩。我们有时怀着赤子之心游览梦幻王国，有时以野蛮人的身份拜访文明国度。在梦中，我们产生许多想法，大大超出我们的日常思维活动。在梦中，我们的感情更加高尚，头脑更加睿智，超越了自己认识的任何人。

想到清醒的真实生活常常与梦境虚幻的情形一样，令人感到很震惊。虽说梦境具有不连贯的特点，然而我们却常常借助梦境来进行理性思考，在它们身上寄托最崇高的希望。更确切地说，我们以它们为基础，修建理想世界大厦。在我想到的许多具有艺术底蕴和思想力度的诗歌、高尚艺术作品和哲学体系中有大量证据显示，梦中的奇思妙想象征隐藏在现象背后的真理。

在梦境中，混乱占据统治地位，不合逻辑的联系频频出现。这一事实给阿瑟·米切尔爵士和其他科学家所持的理论提供了合理性证据：人的梦境思维不受意志的控制和指导。意志是一种具有抑制和指导作用的力量，但在睡梦中处于休眠状态。在睡梦里，心智如同没有船舵、没有指南针的轻舟，在没有坐标的大海上漫无目的地漂荡。然而不可思议的是，在诸如斯宾塞的《仙后》这样的诗歌巨著中，我们可以看到这些幻想和扭曲的思绪。在梦中，人们思维的作用与想象力的作用非常相似。这一点当年给兰姆留下了深刻印象。兰姆在讨论玛门洞穴那一段时写道：

整个场景是人的心智在睡梦之中的奇思

妙想，不过仅仅这样说还不够。它在某种意义上就是人心智的摹本。我们之中最浪漫的人整夜沉湎于某种不同寻常的壮丽场景之中，就让他们在清晨对这样的场景进行重新组合，依据清醒时的判断力来评价吧。在梦中，当人的官能处于被动状态时，感觉场景变幻不定，然而却很有连贯性；当人们冷静思考时，那些场景会显得很不合理，杂乱无章。人在梦中竟然受到这种场景的欺骗，将怪物当做神仙，一觉醒来时简直令人羞于启齿。但是，与最放肆的梦境中的情形类似，在这一情景中出现的转换非常极端，然而却得到了诗人清醒判断力的认可。

在接受教育以前，我生活在某种永恒的梦境之中。所以，与别人相比，我对清醒世界与梦幻世界之间的相似性也许感触更深一些。我的父母和朋友每天看护着我，他们的回忆是了解自己儿时情况的唯一途径。夜里睡觉，早上醒来，这两种行为自身就标志着从梦境到现实的转换。就我记忆所及，我仅仅从生理方面判断自己是处于睡眠状态，还是处于清醒状态。

回忆起来，那时的任何过程我现在都无法用"思考"一词来加以描述。诚然，我的身体感觉非常敏锐，但是除了与生理低级需要的联系之外，我的感觉与其他因素没有联系，也没有什么确定的方向可言。它们相互之间、它们与我的体验和他人的经验之间的联系非常之少。理念——它给体验提供同一性和连续性——在我的睡梦和清醒状态中出现，与自我意识的唤醒过程同步。

在那之前，我的心智处于懵懂、混沌的状态，毫无意义的感觉充当了主角。如果思维存在，它也是非常模糊的、不连贯的，不能成为言辞的组成部分。

我在接受教育之前也做梦。现在回想起来，自己的触觉体验从来没有中断过，所以我知道自己那时肯定做梦了。在梦中，有个东西突然坠落，重重地坠落。我觉得自己的衣服着火了，觉得自己一头栽入了盛着冷水的浴缸。有一次，我闻到了香蕉的味道，鼻孔中的气味非常强烈。早上起来，我来不及穿好衣服，就径直到餐具柜前去找香蕉。可是那里根本没有香蕉，也没有香蕉的气味。实际上，我那时的生活完全就是一场梦。

如今，在我的生活中，清醒状态与睡眠状态之间的相似性依然非常明显。在这两种状态下，我都能看到东西——当然不是用我的眼睛；在这两种状态下，我都能听见声音——当然也不是用我的耳朵。我说话，我聆听；不过我的世界仍然是无声的世界。梦中出现而在现实世界中从未见过的、难以形容的美丽图景使我非常快乐。

有一次，我梦见自己手里捧着一颗珍珠。在我的记忆中没有真实珍珠的图像，在梦中见到的那颗珍珠肯定是我想象出来的。它表面光滑，造型精美，就像一个水晶球。当我凝视它闪闪发光的内核时，我的灵魂里弥漫着温馨的狂喜，内心充满了奇妙的感觉，仿佛第一次看见了玫瑰花的美丽花蕊。我的珍珠是露水，是火焰，是带着绒毛的青苔，是冰清玉洁的百合，是妩媚动人的甜美玫瑰。在我的心中，美的灵魂融化在它那水晶般的内在之中。它增强了我的这一信念：与五官感觉的世界相比，心智用无数微妙体验和暗示建构起来的世界更加美丽。

我的明眼朋友看着夕阳在泛着紫色的山冈上落下，那景色非常壮观、美妙。但是我内心的落日美景带来了更纯粹的愉悦。我以虔诚之心，将人们知道的和期望的所有美丽融合起来。

我相信，与大多数人相比，我有幸在梦中得到了更多的东西。在回忆梦境时，人们往往以最生动的方式讲述自己在梦幻王国中的奇异冒险经历，令人快乐的梦似乎占据主要地位。

不过，在我的朋友中，有的人在梦境中总是麻烦不断，心神不安。他们醒来时疲惫不堪，眼圈发黑，声称愿意用一个王国来交换一个无梦之夜。

有一位朋友说，她一辈子从来没有做过幸福的美梦。白天的单调工作和焦灼感侵入了甜蜜的睡眠王国，劳而无功的持续辛劳让她身心交瘁。我很担心这位朋友的精神状态，也许，当着睡眠过程如此糟糕的人大谈做梦带来的愉悦，有失公允。不过，我做的许多梦真的很温馨，在数量上与这位朋友做的噩梦不相上下。

我渴望奇特的经历，渴望遇见怪异的事物和缥缈的幽灵，这一切都在梦境之中得到了满足。梦境带着我超越随处可见、习以为常的环境。在梦境中，我刹那之间便如释重负，摆脱琐事的纷扰，走出了痛苦和失望。我注视着梦中朋友那可爱的脸庞，她在我身旁快乐起舞，狂放穿梭。许多意想不到的甜蜜幻想从各个角落释放出来，我所到之处都有快乐无比的意外发现。我觉得，快乐的梦境比黄金和红宝石更为珍贵。

我想说，我们在梦境中看到的东西比现实生活之中的更加丰富多彩。我们有时怀着赤子之心游览梦幻王国，有时以野蛮人的身份拜访文明国度。在梦中，我们产生许多想法，大大超出我们的日常思维活动。在梦中，我们的感情更加高尚，头脑更加睿智，超越了自己认识的任何人，这使我们感到震撼，心跳加速。在一个稍纵即逝的夜晚，我们有了超乎寻常的高贵品质，能够顺利实现自己的理想和抱负。

我猜想，当我们从梦里回到日常生活的狭小世界时，感觉自己就像一个访问英国之后返乡的非洲人。他一知半解的记忆已经变形，声称他当时走进了一座巨大的山峰，那山峰载着他跨越了宽大的水面。

毫无疑问，无论处于睡梦状态还是清醒状态，我们思维的全面性有赖于自己的个人特质、身体结构、行为习惯和心智能力。但是，无论我们的梦境性质如何，它们具有的心理作用类似于心智不受意志控制时出现的情形。

第十五章 清醒的梦

在清醒的梦中，我可以回顾无穷无尽的思绪；而在睡梦中，我只能回忆起少许念头和意象，只能从无法看到的图形经纬之中捕捉到残断的线索，只能捞起从不知名的树上落下的、随着微风飘动的闪亮树叶。

一天下午，我突发奇想，冒出了一组念头，我用它们玩儿了一场文学创作游戏。我用了三四个小时记录下那些念头。结果，我写的东西很像一场梦。我发现，在写下的文字中，大多数不相关、不相似的念头是结伴儿出现的——我做了一个清醒的梦。

我已经坐了几个小时，陷入遐想之中，任凭自己的心智自由翱翔，既没有约束，也没有方向，只是随意记下持续出现的思想撞击和连绵不断的意象。我已经说过，与梦里的情形类似，我的思想形成各种各样的联系，思路飘忽不定，时而跟踪同心圆，时而搅乱幻想的漩涡。

两种梦境的不同之处在于，在清醒的梦中，我可以回顾无穷无尽的思绪；而在睡梦中，我只能回忆起少许念头和意象，只能从无法看到的图形经纬之中捕捉到残断的线索，只能捞起从不知名的树上落下的、随着微风飘动的闪亮树叶。在遐想之中，我掌握着理解大量念头的钥匙。我展示自己记下的文字，以便说明：思绪没有定向时出现的念头与真正梦中的思考活动这两者之间具有相似之处。

我准备撰写一篇文章，我希望自己的头脑清醒，听从指挥，它的所有仆人都已准备好接受我将要安排的工作。我想以学者的方式，谈一谈自己的教育经历。我渴望写出上乘之作。我脑中有如何撰写这篇文章的工作计划：首先，它应该风格严肃，思想睿智，理念丰富；其次，它还应有学术特色，让人联想到毕业论文要求的水准，它所体现的严肃的学者风范应当给读者留下深刻的印象。

我把自己关在书房里，对着打字机键盘，决心敲击出自己人生旅程的不朽篇章。我觉得，自己的精神之家已经做好准备，自己的思绪可以任我支配，信心满满的我可以与当年的亚历山大相提并论：亚历山大统领他父亲菲利普训练的阵容豪华的大军，确信自己可以征服亚洲。

我的头脑刚刚经过长时间休假，我再次见到它时真有面目全非之感。我的处境与这样的情形相似：主人到遥远的国度旅行之后回家，希望看到家里一切依旧，但是却发现自己的仆人正在大宴宾朋。家里一片混乱，里面歌舞沸腾，众声喧哗，根本无法听到主人的声音。尽管主人大声叫喊，用力敲门，大门仍旧紧闭。

我当时的处境就是如此。我长时间高声呼唤，可是思维的奴仆们却一直不按我的要求集合起来。他们一个个挽着漂亮舞伴儿的柳腰,我不知道是什么古怪曲调"将生命和勇气注入了他们的脚跟"。我束手无策,无助地四下观望,意识到真正重要的不是拥有东西,而是使用它的能力。

我靠在椅子上,颇为愉快地坐在那里,"无所事事,就像画中海面上的一艘船",看着眼前的情景,观察自己的思维如何行动,仿佛想出了需要描述的美好事物,但是却不必劳神费力地用文字来表达。我觉得自己就像在奇境之中的艾丽丝:她与红色女王一起全速奔跑,但是既没有经过任何地方,也没有到达任何地方。

这一场快乐的游戏继续疯狂地进行,舞蹈者是各种思维方式:有悲伤的念头和快乐的念头,有适合各种国度的念头,有带着不同时代和民族印迹的念头,有愚蠢的念头和聪明的念头,有人的念头,有物的念头,有空虚的念头,有善意的念头,有调皮的念头,还有宽厚仁慈的念头。他们手牵着手,摇摆起舞,组成螺旋队形。一个身穿绿黄亮色衣服、滑稽可笑的人担任领舞。念头们既不按照什么顺序,也不遵从什么先例。念头之间没有任何联系,无论怎么看也互不沾边,根本没有什么国际联盟可言。每个念头的行为举

第十五章 清醒的梦

止都像一个新鲜出炉的诗人。

> 他虽然无法说话,
> 但张口就是比喻。

神奇的抒情诗,要是我能用笔将它们记录下来该多好啊!念头们沿着我心智的僻静通道,乱七八糟地涌来,组成一股兴高采烈的人流。他们一路高歌,狂呼乱叫,我以前从未见过这样混乱的场面。

如果闭上眼睛,你就能想象出念头们到来的情形:我非常喜欢的骑士和贵妇人,头上插着羽毛,带着头饰,身上穿着铠甲和丝织服装;文雅的女仆穿着贵格会教徒的灰色衣装;快活的王子披着猩红色披风;卖弄风情的女人头上戴着玫瑰花;修道士穿着非常肥大的蒙头斗篷;端庄的小女孩儿手捧着纸玩偶;开心嬉戏的男学童脸蛋红润;心不在焉的教授胳膊下夹着鞋子,看上去充满智慧;跟在他后面的是小精灵、小仙女、小妖精,以及刚从饱受风暴蹂躏的诺亚方舟上下来的其他角色。他们有的慢慢行走,有的高视阔步,有的飞翔,有的游泳,有的从火里冒出来。

一个精灵顺着树叶和冰冻露珠做成的梯子,爬上了月亮。一只长着弯勾长喙的孔雀在石榴树上飞来飞去，啄食着玫瑰色的果实。孔雀高声尖叫，太阳神阿波罗驾着火焰战车闻声赶到。金色的箭头从阿波罗闪光的弯弓弹出，直接向孔雀射去。孔雀看到后一点儿也不害怕，他展开宝石般的翅膀，对着太阳神翘起闪烁着火焰般光芒的漂亮尾巴。这时，爱神维纳斯出现了。她和我家里的那尊石膏塑像一模一样，面容安详，目光镇定，像伊丽莎白女王一样"举止高贵而威严"，四周围着可爱的小丘比特。他们驾着玫瑰色彩云，顺着温馨的微风自由飘浮。他们所到之处花儿起舞，溪水跳动，花盆里长着奇特的日本樱花。在他们后面是天性快活的小飞侠彼得·潘。他一头绿发，穿着亮光闪闪的鞋子。他的身边是一位衣着俭朴、手数念珠的修女——看到这些，我简直难以相信自己的眼睛！

不远处，三个舞者手拉着手：第一个人面黄肌瘦，嘴里念叨着陈词滥调；第二个人红润的脸上长着漂亮的酒窝，正在说着笑话；第三个人是瘦骨嶙峋的布道者，正在讲着预言。紧跟其后的是披头散发的黑夜之神，以及背负柴捆的白昼之神。

突然，我看到生命之神的丰满身体从旋转的物质

第十五章　清醒的梦　123

中慢慢上升，一只手托着一个赤裸的婴儿，另一只手握着一把闪烁的利剑。一头大熊蜷缩在她的脚下，各种闪闪发光的微小原子围着她不停地旋转，齐声高唱："我们是上帝的意志。"

原子与原子结合，分子与分子组合，这种宇宙之舞以连续变化的不变方式展示出来。这些情景看得我脑袋震响，就像里面安装了一台电动小圆锯。

我想我可以离开这个幻象场景，到安静的睡眠丛林去走一走。这时我注意到，自己魅力宫殿的入口附近出现了骚动。那边传来一阵低语声和低沉的嘈杂声。显然，又一批名人已经莅临。

我看见的第一位是荷马。他已重见光明，手持金色链条，牵着饰有白色前缘的船只。船上的希腊人摇头晃脑，发出嘎嘎的叫声，就像一群白天鹅。接踵而至的是鹅妈妈和柏拉图。鹅妈妈领着一群孩子，孩子们都住在一只鞋子里；[①] 还有头脑简单的西蒙、刚刚修好自己脑袋的吉尔和杰克，以及掉进奶油的猫咪。所有这些人物围成圆圈跳舞，看得人眼花缭乱。

柏拉图神情严肃，讲解着混乱之邦的定律。然后

[①] 源自《鹅妈妈童谣》中的著名童谣《住在鞋子里的老妇人》。

是表情严厉的加尔文和"戴着紫色桂冠、笑容甜美的萨福"——这位女诗人还表演了一段慢步波尔卡舞。这时,阿里斯托芬和莫里哀也加入了这一行列。两个人同时开口说话,不过莫里哀讲的是希腊语,阿里斯托芬讲的是德语。我觉得这很奇怪,因为我想起来,在阿里斯托芬出生之前,德语是一门僵死的语言。

天真烂漫的雪莱弄来一只扑腾着翅膀的云雀,它脱口吟唱乔叟创作的公鸡之歌[1]。亨利·埃斯蒙德伸出手来,与彷徨中的黛安娜[2]跳起了高贵的小步舞曲。他没有笑,所以显然并不理解她表现出来的19世纪的智慧。也许,他已经丢掉对聪明女人的鉴赏情趣了。但丁和斯维登堡同时出现,严肃地聊起遥远而神秘的东西。斯维登堡说天气非常暖和。但丁回答说,夜里可能会下雨。

突然,传来一阵喧闹声,我发现《书战》开始了新篇章。两个角色参与了激烈的辩论。一个穿着朴素的家织衣服,另外一个穿着杂色布上衣,外面套着一件学者服。我从他们的谈话中了解到,两个人分别是

---

[1] 源自乔叟的《坎特伯雷故事集》中的故事《公鸡与狐狸》。
[2] 英国作家乔治·梅瑞狄斯(1828—1909)的小说《彷徨中的黛安娜》的女主人公。

第十五章 清醒的梦

科顿·马瑟和威廉·莎士比亚。马瑟坚持认为,《麦克白》中的巫婆应该被抓起来绞死。莎士比亚反驳说,评论家们已经把那些巫婆折磨得够呛了。

亚瑟王的十二骑士大踏步走了进来,把马瑟和莎士比亚挤到一旁。骑士们手里端着一只托盘,上面放着那只会下金蛋的鹅。

"教皇的骡子"和"金色公牛"就历史与虚构的问题争论不休。这与在书上读到的情形一模一样,但是我以前从来没有亲眼见过这样的场面。

一头大象迈着缓慢的步子出现了。拉迪亚德·吉卜林骑在它高高的鼻子上。骡子和公牛这两只小个子动物见后落荒而逃。大象突然玩儿起"轻快的技巧"(我不知道"轻快的技巧"究竟是什么,但是这个动作真的非常轻快,很有技巧)。

这时,驶来一艘很久以前被横行南海的海盗遗弃的帆船。我两手抓着船上的索具,在大船下沉时开心地呐喊,目光落在一个身穿棉绒短上装、目光炯炯有神的男子身上。在大船刚要从视线中消失时,福斯塔夫冲过去救起孤零零的领航员,并顺手偷了他的钱包。但是米兰达说服福斯塔夫把钱包还给了失主。斯蒂文森说:"偷我钱包者偷垃圾。"福斯塔夫哈哈大笑，说这个笑话和他当年听到的一样滑稽。

这是大量引语竞相涌入的信号。它们此起彼伏，其中包括许多不成熟的短语、残缺不全的句子、刻意戏仿的感言、奇思妙想的暗喻。我难以分清自己拼凑的短语或者概念。一个面容姣好的概念浑身闪烁着天才的光芒，就像头上戴着一道光环。这时一个表情可怜、衣衫褴褛、形容枯槁的句子——那可能是我自己编写的——伸出手来，一把抓住那漂亮理念的翅膀。

跳舞的人不时变换舞伴儿，既不提出邀请，也不必获得允许。念头们互相一见钟情，闪电结婚，不用求爱就结为连理。如果两个念头没有经过应有的求爱过程，他们的结合是不般配的；没有经过执著追求就草率而成的婚姻往往造成念头之间的不和；有的甚至导致经过时间考验的念头的结合出现破裂。在那些结合起来的念头中，有些明喻在各自的单身状态中曾经不可亵渎，备受尊敬。他们引人注目的队伍几乎打乱了舞蹈的队形。他们显然知道，自己的结合是愚蠢的，于是以分手告终。其他明喻看来已经习惯了不和睦的生活。他们经历了多次结婚和离异，是臭名昭著的混杂隐喻协会的成员。

一队幻影飘来飘去，一个个身穿挑逗性隐形服装。他们似乎准备跳舞，但随即又消失得无影无踪。他们多次反复现身，但是一直没有揭开蒙在脸上的面纱。爱搞恶作剧的好奇拽了一下记忆的衣袖，问道：

"他们干吗要跑呢？真无赖！"

记忆跑出去捕捉他们。经过一番追逐和冲撞之后，气喘吁吁的记忆抓住了几个逃亡者，把他们带了进来。他撕下他们的面纱一看，哎呀，其中几个十分平常，令人失望，其余的则是四处流浪的引语，他们全都试图将属于自己的标点符号隐藏起来。记忆劳神费力地追赶一场，结果只抓到这帮可怜兮兮的无赖，不禁大失所望。

这时，四名气宇轩昂的巨人出现在这批乌合之众之中，他们自称历史、哲学、法律和医学。他们的神情非常严肃，一副高高在上的样子，不愿加入这场假面舞会。然而，就在我观察的过程中，这些难以对付的客人四下散开，变为碎片，开始旋转、飞舞，不断分裂，变成越来越小的科学废话。历史细分为文献学、人种史、人类学和神学。这些东西再继续细分，到了无以复加的程度。

每个专业都搂着自己的那些零碎知识，跳起了华尔兹舞，让人看得头晕目眩。其他人开始点头认可，而我觉得非常沉闷，昏昏欲睡。为了叫停这一场旋转游戏，一队仙女满怀同情地在我们头上挥舞罂粟花，于是假面舞会的人群渐渐散去。

我脑袋一耷，猛地醒来了。睡眠唤醒了我。在我胳膊下面，我发现了自己的老友"底线"。

"喂，底线，"我说，"我刚才做了一个梦，聪明人都知道做梦是怎么一回事。我觉得自己在梦中——哦，没有人说得出是什么。人的眼睛没有看到，人的耳朵没有听到，人的双手无法欣赏，人的舌头无法想象，人的心脏无法讲述我做的梦。"

黑 暗 颂

我的羽翼盖住了耳朵，
我的羽翼遮蔽了眼睛，
然而，穿过那温柔的羽毛，
穿过那银色的阴影，
浮现出一个身影，
传来了一阵响声。
　　——雪莱《解放了的普罗米修斯》

一

我不敢询问,
我们为什么被剥夺了光明,
流放到无垠大海的孤岛之上,
习惯灿烂光明的视力怎么会渐渐减退,慢慢消失,
让我们滞留在这黑暗之中?
上帝的秘密就在我们手中的圣体盘上,
我不敢窥探,然而内心深知:
力量与主同在,智慧与主同在,
他的智慧在我们的生命里安排了黑暗。

我们从无边无际、不可想象的黑暗中来,
转瞬之间,我们将重归
那浩渺无垠、没有回应的黑暗中去。

啊,黑暗,
可怕而又温馨、神圣的黑暗!
在你神圣的空间,
越过凡夫俗子的视线,

黑 暗 颂

上帝亲手缔造了宇宙，为地球奠定了基础，
规定了方圆，
画出了直线；
关上海洋的大门，
让彩云覆盖大地；
听，上帝召唤黎明，
啊，看吧，
初升的太阳令混沌闻风而逃；
看，上帝指点江河湖海，
在没有人迹的旷野，
在寸草不生的沙漠，
给大地送来甘露；
瞧，上帝让平原呈现碧绿，
让山峰披上绚丽的彩衣。

我们从无边无际、不可想象的黑暗中来，
转瞬之间，我们将重归
那浩渺无垠、没有回应的黑暗中去。

啊，黑暗，
神秘而不可思议的黑暗！

在你寂静的深处，
在人们未知的源头，
上帝亲手锻造出人的灵魂。
啊，黑暗，
充满怜悯、无所不知的黑暗！
你的意蕴轻轻地传来，
就像暮色之中的暗影。
你用温柔的手掌遮住人们疲惫的眼帘，
让困乏的灵魂回到你慰藉的怀抱。

我们从无边无际、不可想象的黑暗中来，
转瞬之间，我们将重归
那浩渺无垠、没有回应的黑暗中去。

啊，黑暗，
睿智、强健、思维敏锐的黑暗！
你将灵魂的光明隐藏在神秘之中，
我在你荒凉的海岸边漫步，心中无所畏惧；
我不怕邪恶，尽管我行走在幽谷之中；
当温柔的死神带我穿过生命之门，
当夜晚的乐队四下散去，

黑　暗　颂

白昼让它的光辉铺满大地，
我不会感到极度恐惧。

我们从无边无际、不可想象的黑暗中来，
转瞬之间，我们将重归
那浩渺无垠、没有回应的黑暗中去。

胆怯的灵魂在恐惧中把黑暗拒之门外，
然而，驰骋的天使送来清风，
吹拂在逗留者的脸上，
光明从看不见的火焰中飘来，
落在他身旁。
神奇的光芒刺破黑暗，
美丽之路蜿蜒穿过黑暗的世界，
通向光明的天堂，
感官的面纱再也无法将他阻挡。

我们从无边无际、不可想象的黑暗中来，
转瞬之间，我们将重归
那浩渺无垠、没有回应的黑暗中去。

啊，黑暗，
神圣而沉静的黑暗！
孤独的流放者与你同在，
你待他友好，心地善良；
你让他脱离严酷的世界，投入你的怀抱，
你给他轻声讲述奇妙黑夜的秘密；
你赋予他的精神任意驰骋的无限天地。
你让卑微的生灵获得荣耀，
你用翱翔的翅膀遮蔽着瑕疵，
在你安全的羽翼下存在着安宁。

我们从无边无际、不可想象的黑暗中来，
转瞬之间，我们将重归
那浩渺无垠、没有回应的黑暗中去。

二

我曾经游荡在没有光明的土地上，
我曾经在黑暗中蹒跚而行；
恐惧紧紧地抓住我的手，
我担心陷阱，如履薄冰；
黑夜莫名的恐惧让人害怕，

黑　暗　颂

我向清醒的白昼伸出乞求之手。

这时爱神来了，
高擎的火炬照亮我脚下的道路，
她低声细语："你是否进入了黑暗的宝库？
你是否进入了黑暗的宝库？
去探索你失明的心灵吧，
它拥有无穷无尽的宝藏。"

爱神的话语让我神采飞扬，
我的手指急切地寻求万物的奥秘，
寻求世间的辉煌和内在的神圣；
我用精神的感觉，
在虚无中找到了生命的充实，
白昼的大门随即敞开。

我因快乐而激动，
四肢因欣喜而战栗；
我的心和大地，
在幸福中一起颤抖；
新生命的狂喜，

弥漫着整个世界。

知识拥有无遮无蔽的天空，
遥远的黑暗海岸上存在着光明，
午夜射出一缕亮光！
在黑暗中蹒跚的盲人，
迎来了新的一天！
思想之星在朦胧中闪烁，
想象力拥有发光的眼睛，
心智存在辉煌的图景。

三

"那个人是盲人，
他的生活还有什么乐趣？
一本没有打开的书，
对着一张没有眼睛的面孔。
他看不见远处的美丽星星，
根本不知道视觉带来的令人心动的乐趣！"

所有视觉都属于灵魂，
在不受束缚的精神中上扬！

黑 暗 颂

你没见过思想在盲童脸上焕发青春吗?
你没见过他的心智像朝霞一样成长,
去领悟上帝的图像吗?
那是心灵眼睛的奇迹。

在我居住的奇妙王国里,
我用双手探索生活,
我用双手辨认事物,感到无比快乐;
我的手指渴望着大地,
满怀欣喜地畅饮大地的神奇,
吸取大地的赠予;
我的双腿感受万物的细语,
聆听生命的脉动。

这是触摸,这是颤抖,
这是火焰,这是乙醚,
这是热血欢愉的流动,
这是我心中的光明,
这是我手中的同情亮光!
充满爱心和好奇的触摸,
为我翻开了生活的书本。

大地发出的柔和絮语，
伴随着刷刷声一起响起，
踟蹰、温馨的生命脚步；
飞蛾如丝颤动的翅膀，
在我半握的手掌中扑腾；
昆虫的翅膀吱吱地扑打，
涓涓细流泛起银白，
微风拂过夏日的草地；
干枯的树叶簌簌落下，
发出呢喃的低语，
狂风中霜冻的树叶满天飞舞；
夏日的阵雨溅起满地的水晶，
浸透了泥土芳香的气息。

我用敏感的手指倾听，
清风拂过森林送来阵阵雨声。
待到阵雨过后，
我沐浴在松树下清香摇曳的树影中。
调皮的小松鼠用尾巴轻抚我的肩膀，
在繁茂的枝叶上不停地跳来跳去，
大胆享用我手中的谷粒。

我俩之间流动着快乐的同情，
他在嬉戏，我的脉搏起舞，
心里荡漾着生命的快乐！

在洒满阳光的海滩上，
我用手指分开沙砾，
我隐隐感觉到，
大海用涟漪弹奏的乐曲，
在我赤裸的身体四周嬉戏。
我曾经体验过，
小船底下波涛的轻快旋律；
感觉过船帆的扑打，
桅杆的张力，
暴雨雷电的狂舞；
也嗅到过暴风雨前夕，
扑面而来的气味。
这就是已被唤醒、兴奋不已的快乐，
这就是发自内心的絮语。

双手从触摸中唤起声音和图像，
它们在感官之间不断转换；

它们连接运动与图像，气味与声响，
将色彩赋予甜蜜的微风，
将交响乐的节奏和激情赋予无形翅膀的震颤。
探索大地、太阳和空气的奥秘时，
我的手指聪明、睿智，
能从黑暗中攫取光明，
对寂静中呼吸到的和谐倍感欣喜。

我行走在黑夜的寂静中，
倾听灵魂向我诉说她内心的喜悦。
啊，黑夜，寂静、芬芳的黑夜，
我爱你！
啊，浩瀚无边的黑夜，
我爱你！
啊，坚强、荣耀的黑夜！
我用双手触摸你，
我依赖你的力量，
我内心充满了慰藉。

啊，
深不可测、抚慰心灵的黑夜！

你安抚我焦躁不安的精神，
我内心满怀感激，
躺在你的怀里；
啊，黑夜，慈祥的母亲！
我就像一只小鸽子，
安睡在你温暖的怀抱。

我们从无边无际、不可想象的黑暗中来，
转瞬之间，我们将重归
那浩渺无垠、没有回应的黑暗中去。